Tascabili . Narrativa

Editing
Giancarlo Porcu

Grafica
Nino Mele
Imago multimedia

Foto di copertina
Alessandro Contu
Imago multimedia

Redazione: via Monsignor Melas 15 – 08100 Nuoro
Telefono e Fax 0784.31830
E-mail: redazione@edizionimaestrale.com
Internet: www.edizionimaestrale.com

ISBN 88-86109-30-X

Salvatore Niffoi

Il viaggio degli inganni

Prefazione di Marcello Fois

Il Maestrale

Prefazione

In una libreria di Nuoro succedono delle cose strane e fantastiche, per esempio, che i librai siano tanto folli e romantici da fondare una casa editrice: Il Maestrale; per esempio, che quegli stessi librai editori decidano di firmare una sorta di cambiale in bianco a favore di un giovane autore nuorese, piuttosto sconosciuto, chiedendogli di scrivere un libro per loro; per esempio, che gli stessi siano convinti che la strada da percorrere per una credibilità reale nel mondo editoriale sia quella di prendersi dei rischi ed essere disposti a pagarli in prima persona.

Cose strane, dicevo, anche adesso che Il Maestrale è diventata una realtà incontestabile, che quel giovane autore nuorese è un po' meno sconosciuto e può piccarsi di scrivere la presentazione di un altro romanzo, di un'altra cambiale in bianco firmata da quei pazzi del Maestrale, a favore di un altro autore, altrettanto sconosciuto, per ora.

Ma andiamo con ordine. Il romanzo che leggerete, *Il viaggio degli inganni*, mi fu dato, in forma dattiloscritta, da vedere, l'anno scorso. Lo trovai straordinario. Senza mezzi termini.

E lo trovai straordinario perché contravveniva a tutte quelle regole che agli esperti di editoria e narrativa paiono ineludibili.

Innanzitutto il linguaggio, che è ribollente sino all'inverosimile, talmente esorbitante e fuori dalle righe; meravigliosamente rigoglioso. Poi la storia, che nella sua ordinarietà paesana fa pensare all'epica indiscreta e fanfarona di certi racconti notturni, illuminati solo dalla luce vibrante di un fuoco nel camino.

Eppure c'è dell'altro ne *Il viaggio degli inganni*: c'è il Destino che si fa una partita di mariglia con la vita di un uomo e, siccome ha tutti i trionfi, vince tutte le mani. La storia di sempre, quella dei perdenti e dei vincenti, quella scritta e quella ancora da scrivere. La storia di una cultura incapace di definirsi se non attraverso la lente distorcente di una visione belluina del mondo. Una visione piena di violenza e di tenerezza; ruvida e incostante, ma anche sensuale e avvolgente.

La Sardegna fuori dalle ovvietà del folklore: quella che mi piace.

Una storia che non si compiace, che si sviluppa con un'adesione primaria, senza paraventi, senza pentimenti, senza ammiccamenti.

L'ho incontrato Salvatore Niffoi per la prima volta dopo aver letto il suo romanzo, stringergli la mano è stato solo un atto formale: lo conoscevo già, e lui conosceva me.

Marcello Fois
[1999]

Il viaggio degli inganni

A mia figlia Cristina
e a mio padre Nicola

Io accumulo passato, non cesso di fabbricarne e di precipitarvi il presente, senza dargli la possibilità di esaurire la stessa durata. Vivere significa subire la magia del possibile; ma quando si scorge nel possibile stesso un passato a venire, tutto diventa virtualmente passato, e non vi è più né presente né futuro. Ciò che distinguo in ogni istante è il suo ansito e il suo rantolo, e non la transizione verso un altro istante. Elaboro tempo morto, mi abbandono all'asfissia del divenire.

Emile Cioran, *La caduta del tempo*

Parte prima

I

Del giorno in cui venni al mondo ricordo ancora gli odori, le voci, e il suono di una campana che pigra e indolente annunciava l'inizio della novena natalizia nell'ora del vespro. L'aria era sazia del profumo aspro dei mandarini e mia nonna Frantzisca, mentre mi sciacquava in acqua di mirto, recitava pezzi di rosario e sussurrava antiche filastrocche.

Era il 23 dicembre del 1948, fuori nevicava e le lampade a pera dai loro piatti di porcellana sputavano a intermittenza coni di luce dorata sulla neve. I bambini per strada si rincorrevano masticando pane crasau e sogni, e ogni tanto, sorridendo, cercavano di acchiappare con le mani quei fiocchi di neve che nascondevano il nulla.

Mio nonno Bantine, che se ne stava coccoloni senza muoversi appoggiato al muro a fianco della piattaia, si avvicinò per farmi una carezza e osservarmi nell'incerto e tremulo chiarore delle steariche. Mi sfiorò la fronte con la sua mano calda e rasposa, e bisbigliò: – Bene vénniu Ninè e bona vortuna àppasa!

Ninè, così avevano deciso di chiamarmi, in onore di

un raccoglitore di ferro vecchio che suonava meravigliosamente l'organetto e di nome faceva Nino, e di cognome Corevonu. Quella notte la luna si presentò in ritardo, e gli abitanti di Oropische di fronte ai caminetti, si raccontavano storie di spettri e di santi e cuocevano patate e cipolle sotto la cenere ardente dei fochili. Mia madre mi allattava e piangeva, e mio padre Mundicu il carbonaio, noto Thitthone, avvolto nel suo cappotto di orbace, faceva il giro delle bettole per festeggiare la nascita del suo primo figlio.

2

Il 23 giugno del 1949 mi avvolsero in una mantiglietta color diarrea, e mi portarono nella chiesa del Carmine per battezzarmi. Il primo dei sette sacramenti mi venne impartito da don Tzelleddu Burranca, e lo ricordo come un fresco chiardiluna. La permanenza in sacrestia, tra cestini di amaretti e bottiglie di vino gorgoglianti, durò fino a mezzogiorno. All'uscita mi adagiarono in fondo al brossolino che fu di mio nonno Vanniccu e mi caricarono su un carro agricolo trainato da due buoi porporini puliti e inghirlandati. Superato il lastricato di Su Pàtiu, tra violenti scossoni e un vociare di donne sudate dentro le loro campane scure e pieghettate, prendemmo la salita per la vigna di Sa Tinzosa.

Per strada la gente lanciava manciate di grano ambrato e spandeva petali di rose selvatiche. Le ragazzine succhiavano i fiori della pervinca rumoreggiando e i bambini seduti all'ombra degli olmi spaccavano la paneddutza della malva e la masticavano lentamente. Il sole non c'era più, e per tutto il viaggio ci accompagnò un lastrone di nuvole scure e gonfie come zecche.

Quando i miei parenti fecero una sosta alla sorgente dell'acrocoro di monte San Paolo, per invitare i muratori che imbottivano di pietre calcaree un antico forno da calcina, tra le braccia di mia madre osservai l'orizzonte che si perdeva tra il viola e il blu delle colline, e sollevai la mano, come per graffiare le nuvole e liberare così le prime gocce d'acqua scura, che non vedevano l'ora di baciare le messi e di saltare sulle tegole rosse e muschiate delle case di Oropische.

Mio padre frustò i buoi. Le donne e i più piccoli che guidavano gli asini, e sui cercini portavano ceste stracolme d'ogni grazia di Dio, accelerarono il passo. Quando si aprì il cancellone di legno di Sa Tinzosa e tziu Bannanghelu andò a cercare la chiave della porta della casetta in un anfratto del muro a secco, la pioggia prese a cadere con fragore sui pampini e sui rovi. Zia Rosaria, zia Tinedda e zia Agostina, al primo tuono che tagliò un braccio ad una sughera sbilenca, presero a recitare un salmo, e tutti gli altri si sistemarono in fretta dentro la casa che ancora odorava di mosto e di guano.

Finché la pioggia non cessò, io passai di mano in mano come un bicchiere pieno, e solo dopo si prese a sistemare le pentole d'alluminio bruciacchiate, le pezze del formaggio, i fiaschi del vino. I maialini, tinti del loro stesso sangue, aspettavano di essere sacrificati sotto i fichi che circondavano la fontana.

3

Dopo il pranzo i bambini si dispersero tra i filari nani del cannonau e del moscatello per raccogliere i gambi teneri e pelosi della lattosa, e le fanciulle col reggipetto fatto in casa, riempivano le ceste ansate di fichi neri e di pesche minute e profumate.

Sidora Ghespichedda e Itriedda Colostra, col malemunnu impastato in sabbia finissima, risciacquavano i piatti e i lavamani di ferrosmalto decorato, di fronte all'imbocco della fontana. Per non intorbidire l'acqua, la spillavano con un broccale di sughero. Tra i melograni e i cotogni, Cumminu Manilestru e Nelleddu Istiàrica, sudati e piegati, urlavano una morra contro Lisandru Margiane e Celestinu Matzitostu; i loro volti tirati in una smorfia di sfida cattiva, avevano il colore scarlatto degli zipponi da cerimonia.

Mio padre dormiva sotto un mandorlo dai frutti amari, con i piedi al sole immersi in una canaletta che portava l'acqua al vascone, e aveva il viso impegnato in un misterioso sorriso.

Più tardi, il fondo del brossolino si riempì di spille

d'oro, di bracciali e collanine, di corniole e buste piene di auguri e di grosse banconote stirate il giorno prima.

Mia madre si raccolse i capelli corvini in una crocchia e vi piantò un pettine d'osso semicircolare che portava inciso il suo nome. Scalzo e in canottiera, come mi aveva lasciato nonna Mintonia, mi portò con lei a pregare nel suo piccolo altare tra le conche del granito, dove una piccola madonna di Lourdes affrontava le intemperie e gli oltraggi dei merli e delle cinciallegre. Mia madre s'inginocchiò sulla terra nuda e mi strinse a sé più disperata che felice; aveva negli occhi il colore del dolore antico di chi non ha la forza di piegare il destino. Pregando e cantando mi addormentò.

Mi svegliai quando il carro iniziò la sua danza nella salita di Su Corroncone. Scendeva la sera, e più in là, oltre la piana delle ginestre, il sole filtrava la sua luce sottilissima tra le sughere maestose e secolari che in silenzio osservavano le tortore e i colubri abbeverarsi tra i giunchi del laghetto di Marraganai. Prima della discesa, nella punta di monte San Paolo, mia madre mi sollevò verso il cielo e vidi il triangolo deforme di Oropische illuminarsi nel labirinto delle sue viuzze che si perdevano tutte malinconicamente nella collina di Sos Savuccos.

4

La prima volta che vidi il mare ne ebbi quasi paura e lo sfiorai appena con la punta dei sandali di cuoio crudo, facendo strani disegni su un immenso tappeto di sabbia carnacina. Quella schiuma soffice, che gorgogliando si disperdeva sulle rocce cremisi di Orrì, mi ricordava altre acque e altri flutti di un morbido galleggiare sospeso come una palla al cordone dell'universo. Mia zia Andriana Istajera, anni dopo, mi raccontò che quel giorno, sulla sabbia, avevo tracciato un punto interrogativo grande quanto un pioppo piegato, e ci avevo impiccato una sagoma strana, che pareva l'incrocio tra una thilicherta e un uomo in costume.

Eravamo partiti da Oropische all'alba, al primo rullare delle ruote dei carri sul mosaico di pietrisco delle sue stradine. Per l'occasione mi avevano addobbato come un altarino, infilandomi dentro una casacca vermiglia, decorata con biglie e birilli, e mi avevano accorciato un paio di pantaloni lunghi che erano stati di chissà chi e avevano la braghetta coi bottoni di ferro traforato. Salimmo tutti su un postale che odorava di fieno e di circo equestre, tra i commenti divertiti dei minatori e le voci stridule delle donne che avevano stipato nelle borse a rete e nelle corvuledde, panelle e uova sode, gràndule e gheladina, e fiaschi, fiaschi, fiaschi, nudi, impagliati, automatici, a corona, a tappo di sughero, fiaschi di vino rasposo, pastoso, oleoso, cioccolattato, dolce, amaro, aspro come quei giorni al buio che per anni li aveva strappati al sole.

Era un viaggio premio per coloro che erano stati un tempo contadini e pastori, e adesso pagavano in galleria, con lembi di polmoni silicotici, i primi monumentali televisori, le piastrelle dipinte per i bagni di lusso, i viaggi al Liceo di Noroddile di studenti sfaccendati e in calore.

Già dalla sera prima, mia madre, che mi aveva lucidato i capelli con una crosta di lardo e avvolto la testa in un turbante di carta oleata "per mantenere bene la piega", si era sprecata in raccomandazioni: – Ninè, non avvicinarti all'acqua! Ninè, il mare non è la vasca di un orto, non avvicinarti, perché t'inghiotte! Ninè, dai sempre la mano a zia! – Nonna Frantzisca, invece, mi aveva incoraggiato col suo sorriso e con i suoi occhi cerulei e parlanti, che avevano il colore del cielo di Oddokàkkaro e la limpidezza delle acque di Urceni, e davano un'euforica sicurezza. Prima di andarsene, lei e nonno Bantine, mi lasciarono in tasca un soldo di carta e due lastrine di cioccolata rivestite di carta dorata, con due figurine dell'epopea indiana. Le nascosi come reliquie in una delle pentole colorate appese nella scanziera della cucina.

Mio padre anche quella sera tornò tardi e avvinazzato, e prima di buttarsi lamentosamente sul lettone di crine, si avvicinò al mio lettino e strappandomi il lenzuolo dalla parte dei piedi mi sussurrò minaccioso: – Non ti dico niente... Ti basti l'occhiata! – Le sue pupille brillavano nel buio come due spilloni arroventati.

Quelle del viaggio sono emozioni mai dimenticate, che ogni tanto ritornano come in un sogno e galleggiano come lingue d'acqua negli specchi della memoria. Avevo viaggiato sulle ginocchia di zia Andriana sino alle curve della Mascarrosa, quando vomitai addosso a don Tzelleddu il pane crasau e il latte inacidito. Così, per prudenza, mi avvicinarono a un finestrino e mi controllarono solo con sguardi taglienti e brevi richiami: – Non sporgere la testa... non tornare a vomitare... chiudi gli occhi per evitare il capogiro. – Avevo appena tre anni, e non sapevo nulla dell'immenso gregge d'increduli che da sempre pascola l'erba di verità mai seminate.

In spiaggia gli uomini si arrotolarono i calzoni di velluto e fustagno, e chi aveva i gambali, a stringhe o automatici, se li tolse e li passò alle donne, che piegavano all'insù le fardette di panno ricamate, e andavano così, come sante, nei loro costumi scuri, coi visi marmorei, incorniciati da pesanti fazzolettoni snodati che nascondevano capelli corvini e castani mai tagliati. Tutti sfioravano l'acqua e poi si ritraevano timorosi di chissà quale malefico contagio. Pisinedda Limbaoccu tolse da una borsetta per signora un tocco di sapone fatto in casa con la potassa e la sugna, e provò a sfregarsi le mani ed il viso con quel liquido che cambiava colore alla distanza: chissà da quale costellazione purificatrice arrivava, chissà da quali rubinetti sotterranei zampillava. Acqua abbondante e ingrata, che non si lasciava bere e non faceva neanche schiuma, tpuu, tpuu e torra tpuu. Sorpresa e scandalizzata, Pisinedda Limbaoccu si rivolse a Felitzinu Broduava, che era mezzo pastore e mezzo minatore, e di acque di sopra e di sotto se ne intendeva: – Mi scendesse un fulmine Felicì, quest'acqua non fa schiuma! – Solo Nardino Minciaecane, che aveva il corpo tozzo, il naso lungo e sottile, gli occhi grandi, scuri, e le braccia corte e muscolose, si era portato un costumino blu a fiorellini gialli, e prima del pranzo, tra gli sberleffi dei compagni di lavoro, si tuffò e saettò come una balla solitaria sino a un isolotto che a tutti appariva più lontano di quanto fosse in realtà. – Addio Nardino, questa è la volta che ti devi trovare un altro marito Chicchinè! – disse Firmunu Lathone, rivolgendosi a Chicchina, la moglie di Minciaecane, che lo chiamavano così perché quando si annodava alla moglie la sera, se ne staccava solo al mattino per prepararsi la bisaccia.

Al tramonto, come succede in queste occasioni, tutti si misero in fila per farsi fotografare nelle pose più strane, contro quel fondale increspato e indifferente al passaggio incredulo e leggero di quegli uomini che sopra l'ala del buio spaccavano il cuore della montagna di talco e steatite, e di quelle donne che sembravano simulacri e indossavano maschere tragiche scolpite nel vuoto. Un sole sanguigno ancora minacciava con la forza dei suoi raggi l'equilibrio di coloro che non erano riusciti a staccare le labbra dal fiasco e continuavano a urlare in sordina la loro disperazione, come sassofonisti impazziti in un assolo barbaricino.

Quando arrivò il mio turno per la fotografia, tziu Chillone Matheciusa mi issò come un sacco su uno scoglio che aveva un piano d'appoggio più piccolo della sella di una mula, e con la sua macchina fotografica a soffietto, prima di inquadrarmi nell'obiettivo, iniziò a darmi ordini e consigli. E spostati qui e guarda là, e piega il braccio e fai un bel sorriso, e tanto fece che mi innervosii al punto che sentii una specie di tarantola nello stomaco, e a quel punto mi spaventai cadendo all'indietro, e la mia clavicola si spezzò con un croccante rumore di arbusto secco.

Pagai in dolore il biglietto del rientro, senza una smorfia né un lamento, per non dispiacere a mio zio Zirone Sambeneddu, minatore di Santu Jaccu, che per quel viaggio mi aveva prescelto tra quaranta nipoti. Mi stesero nell'ultimo sedile del postale e mi coprirono con una coperta che odorava di piscio di capretta e di naftalina, e mi addormentai carezzando cavalli pezzati in corsa, che solcavano il mare e si fermavano ai confini del mondo.

Quando mi risvegliai tra le braccia di nonno Bantine, le gambe mi tremavano e avevo le labbra aride e incandescenti, la pioggia e il vento frustavano le vetrate dell'ambulatorio di piazza Thighinisa; su dottoreddu si tolse gli occhiali, e dopo avermi massaggiato la spalla sinistra sino a farmi svenire, disse: – A s'ispidale, a s'ispidale, qui c'è qualcosa di rotto!

5

Nei pomeriggi estivi, quando gli altri bambini andavano a godersi il fresco insidioso dei vasconi che servivano gli orti di Biriai e Sorichile, io affrontavo la vita sfidando l'ira di tziu Zacintu Ozuseu, che appendeva gazze impiccate e lucertole scuoiate all'albero delle ciliegie per tenere lontani i golosi e i malintenzionati. A volte si nascondeva sotto il gelso con la roncola, e da lontano si sentiva l'odore del grasso di pecora che il caldo gli squagliava sui gambali.

Allora tornavo nel terrazzo di mia nonna, a esercitarmi nel crudo e impietoso mestiere della scrittura, tracciando aste e forconi, cerchi e farfalle, che come petroglifi andavano a finire in un quadernone con la copertina nera, lucida, e le pagine orlate di rosso carminio; quel quaderno emanava l'odore dolciastro delle cose da scoprire.

La mia prima maestra si chiamava Nicchedda Tittardoro e aveva il viso sempre incipriato per nascondere un mare di sottilissime rughe precoci. Di carattere era aspra come un perastro molentino, e anche se pareva sempre abbronzata, lei diceva che la colpa non era del sole, ma della bile che le andava in circolo quando i ragazzi delle scuole di avviamento la rincorrevano nei vicoli annicrando per toccarle le titte.

Lei li prendeva a sassate e li malediceva, e minacciava di raccontare tutto a Lisandru: – Poveretti voi, che se lo dico a Lisandru, vi strappa i coglioni con le mani e vi riduce le mandibole a sonaglietti! – Poi tornava a casa a massaggiarsi quell'unico tesoro, due seni levigati e sodi, duri e splendenti come l'oro, dietro le sue generose scollature. Parevano presi in prestito da un quadro di Goya, ma erano sprecati su quel busto da lontra e su quelle gambe secche che in movimento la rendevano simile a un airone cinerino. Curava quel suo unico capitale con creme speciali e olio di frantoio, e qualcuno aggiungeva: – anche con altro! – perché il farmacista signor Perdiciolis, gratuitamente le preparava intingoli miracolosi a base di placenta di capra, latte d'asina e miele di corbezzolo. Era generosa mastra Nicchedda, e quando non era molestata, prestava senza interessi quel suo capitale da mucca eretta ai nostri sogni erotici.

Tutti i giorni, a orari fissi, che piovesse, grandinasse o nevicasse, che ci fosse una calura di quelle che disarcionano i beoni dai muli o un vento dispettoso di quelli che si portano via anche i cattivi pensieri, lei si affacciava come un angelo maledetto alla finestra della sua casetta ingeraniata di via Prade Ungia, e appoggiandosi coi gomiti sul davanzale di trachite scura, offriva visioni che facevano gonfiare le braghette dei grandi e dei

piccoli. All'altro lato della strada, i posti erano
ti secondo una gerarchia che teneva conto della prestanza fisica, dell'astuzia e dell'impegno scolastico.

Io capitai lì un pomeriggio, per caso, mentre andavo a comprare trinciato e cartine per mio padre e tziu Zirone, e feci il viaggio del ritorno eccitato e impaurito dal gonfiore della punta di quell'accessorio che pensavo servisse solo per pisciare.

Ohi mama, ohi mama, che mi si è indurito come il ferro che tempera zio Tillone!

Per molto tempo, a tutte le ore e in ogni luogo, non pensai ad altro che a mastra Nicchedda, e le notti le passavo fantasticando su dove poteva trovarsi l'altro accessorio femminile, quello magico e misterioso che gli adulti chiamavano burlescamente su boddoddu o, con timore e riverenza, s'isperrache.

Quelle erano notti fatate in cui mi abbandonavo ai flutti dei sogni, inseguendo streghe e chimere che avevano seni enormi e culi immensi. E un giorno, mentre in terrazzo aspettavo che tziu Ozuseu uscisse dalla vigna per andare ad accudire i suoi vitelli, il caso ed il destino mi sorrisero e mi vennero incontro, portando nella sorgente di Piricò, poco distante dal ciliegio, Pisinedda Limbaoccu, che dopo aver riempito la brocca, convinta di non essere osservata, si nascose tra i tralci e i lillà per fare i suoi bisogni. Fu così che riuscii a scoprire dove andava a dormire quello spicchio di luna rossa che ogni donna si porta tra le cosce, che è l'emblema vi-

[illegible]racolo della vita e per me diven-sib[illegible]o un acconto di paradiso.

Quando infrescò, rinunciai alle ciliegie scure di Ozuseu e tornai nella cucina rustica di mia nonna, che con mia madre e le zie preparava il forno e l'impasto per la cotta mensile del pane crasau.

Quella notte, mentre sulla stuoia aspettavo il sonno, si levò un vento forte che sibilando portava oltre i muri di terra cruda e granito l'alito gelido della morte. All'alba, quando nonna Frantzisca andò a svegliare zia Tinedda e zia Rosaria, nella piazza del lavatoio trovò la testa di Zacintu Ozuseu posata sul pennone del suo carro da buoi. Il corpo lo avevano messo dentro un sacco di iuta e lanciato dentro il vascone del deposito che riforniva il lavatoio. Per giorni l'acqua uscì sporca di sangue e nelle canalette scorreva il lamento di un usuraio che aveva cercato di prendersi interessi non dovuti.

Il pane si fece lo stesso, e tra un'informata e l'altra si parlò solo di quella testa che raccolse la sorella di Zacintu, tzia Muriscona, per lavarla in aceto e cucirle quegli occhi che continuavano a rimanere aperti. Zia Tinedda diceva che quando erano passate per di là, la testa si muoveva ancora, e zia Rosaria aveva anche sentito una voce che domandava al cielo ancora stellato: – Perché Chicchina? Perché?

Chicchina era la moglie di Minciaecane, che nella bisaccia quel mattino aveva messo non solo il mangiare ma anche una scure affilata e una sacchetta vuota.

Quando, tornando verso casa, passammo per Piazza del Lavatoio, il cuore prese a battermi forte come un'ossessione, lo sentivo uscire dalle orecchie e correre verso quella testa che ricordava la ferita morbida e pelosa di Pisinedda Limbaoccu. Nonno Bantine,che ci accompagnava, mi prese a cotzi-cotzi e mi disse: – Non guardare Ninè! Non guardare che sei piccolo, e queste cose fanno male e non si lasciano dimenticare!

6

Nella piana argillosa di Dore Vonu, nonno Vanniccu seminava un grano che dava spighe grasse e lucenti che da giovani si lasciavano sgusciare e mangiare come una cera bianca, dolce e lunare. Quell'anno le messi tardavano a imbiondire e i campi, visti dal mastio di Nuraghe Mannu, sembravano un enorme tappeto color ruggine, incastonato a mosaico dentro i muri a secco del basalto.

Tutte le mattine, in groppa all'asina Nuzoledda, ci lasciavamo alle spalle le boscaglie di roverella di Buruddone, per entrare nei labirinti di prugnuolo e fillirea di Sos Vanzos. Alla sorgente di Sa Vionedda, mentre l'asina si purificava bevendo un'acqua solforosa e maleodorante, il nonno si dissetava con un sorso di acquavite ed io mi riempivo le tasche dei frutti aspri e bluastri della prunischedda. Sputavo sempre i semi nella polvere, parabolando la berritta del nonno che continuava a cantare, con le labbra appena schiuse, canzoni rubate ai lamenti di antichi animali.

Una di quelle mattine il podere prese il colore luttuoso della disperazione, come se avesse piovuto pece liquida per tutta la notte; e mio nonno, invece di cantare, prese a bestemmiare contro tutti i santi e le madonne. Anche il sentore del velluto mielato della sua giacca quel giorno era diverso, e nella discesa di Piramodde sentivo i suoi cupi pensieri rotolare come pietre, e li vedevo impigliarsi e sanguinare tra i rami dello sparzio spinoso.

Quando arrivammo, il nonno legò prima Nuzoledda, che schiumava di nuovo dalla sete, poi entrò nel capanno e ne uscì con una scatola di zolfanelli, coi quali preparò alcune micce, per poi allontanarsi infuriato, e correndo come un tizzone acceso.

Tornò dopo un po' senza fiato: il cranio magro e ovoidale esposto ai raggi diabolici del sole di giugno e la berritta stretta al petto.

– Perché senza berritta? – chiesi.

– Così Ninè... così... questo è quanto si può salvare di questa terra malata e ingrata.

Me la consegnò. Quella che poteva essere la calza di un gigante ospitava qualcosa di morbido: tre leprotti che ora rimbalzavano sul mio petto in cerca di libertà. Quando ormai vicini a Nuraghe Mannu ci voltammo, le prime volute di fumo violaceo gia salivano lente verso il cielo che si contorceva a spirale per l'arsura.

Verso l'ora di Mutzapedes, quando i bambini scalzi giocavano nei cortili all'ombra dei pampini e dell'edera coi carri di ferula e i buoi di pannocchie, uno scirocco torrido e asfissiante portò ad Oropische un lezzo denso e impregnante che sapeva di setole bruciate e di senape cornuta.

La gente si precipitò per le viuzze e salì sui terrazzi, e vide le lingue di fuoco galoppare verso il vicinato di Murgiullei.

Pisinedda Limbaoccu, come una visionaria presa dal panico, si spogliò e iniziò a suonare le campane della chiesa di Sa Itria, spolmonandosi contro la fine del mondo che stava per arrivare e contro quelli che l'avevano provocata: istruidores, ghettadomos, ventuleris.

Dietro le finestre, molte donne continuavano a tessere e ricamare, e le più giovani sfioravano con malinconia gli ingredienti della cena che andavano a preparare.

Nonno Vanniccu scoppiò a piangere come una creatura abbandonata in un recinto di cani e, scalpitando sul tavolato e sulle rampe di quercia, prese le scale per la soffitta. Nonna Mintonia, che si era appena sciolta i lunghi capelli color paglia, prima lo apostrofò con un: – Non ti accenderai! – e poi, con preoccupata tenerezza, lo richiamò dal primo ballatoio per domandargli: – Ma dove stai andando? Sembra che ti abbia chiamato il demonio. – Mio nonno si tolse le mani dagli occhi che si erano trasformati in due puntini azzurri, e raccogliendo le ultime parole dal profondo rispose: – A riposarmi Mintò. A riposarmi perché ho il cuore stanco.

Nel viso di mia nonna si posò come un'ombra triste, e quell'ombra mi accompagnò per la strada di casa, mentre dal cielo venivano giù stelle di cenere che pigramente si lasciavano cadere ai bordi dei muri calcinati di bianco e di turchese.

I massari, i pastori e i minatori, a catena si erano schierati nel canalone di Rosinene per cercare di fermare con frasche di lentischio e di olivastro quella follia crepitante che senza giudizio avanzava verso il paese.

Di notte il vento, come per miracolo, si placò e le ali del fuoco salirono prima sui monti e poi scesero a valle, per andare a morire ai bordi del fiume Sa Trovosa, che separava Dore Vonu da Dore Malu.

Serafinu Ghilinzone, il banditore, all'alba suonò la tromba, si mise alla testa degli abitanti di Oropische e prese la via del calvario che portava al pianoro, lastricata di bestie gonfie e fumanti, con gli occhi impauriti e le zampe all'aria, scrutata da alberi in lutto e da matrone di granito nude e tristi nelle loro enormi rotondità.

Mia madre Ilaria prima di unirsi a quella processione, mi mandò a chiamare nonno Vanniccu e nonna Mintonia. – Corri Ninè, corri dal nonno che il fuoco sta bruciando il grano di Dore Vonu. – Arrivai al portalone cremisi di nonna Mintonia con la velocità di un pregiudizio.

Molte anime schiette pensano che, a parità di condizioni, i pensieri e le emozioni siano uguali per tutti gli esseri umani, ma è una bugia e un'assurdità, perché le sensazioni che provai nel vedere la zimarra di don Tzelleddu che svolazzava tra i portici di Su Cumbentu verso casa di mio nonno senza lasciarsi sorpassare, mi convinse per sempre che certe emozioni belluine, certi pensieri premonitori sono unici, irricalcabili e irripetibili.

In quell'istante e per la prima volta si lacerò la membrana sottile dei miei sogni, e si inquinò del verde amaro dell'esistenza: – Don Tzellè, don Tzellè... – urlai, sperando che il corvo con la sua filiera di bottoni sul davanti e l'ostensorio ed il turibolo fosse diretto altrove.

Nelleddu Istiàrica e Zirone Sambeneddu sedevano sul lastrone di trachite dell'ingresso di nonno Vanniccu e avevano facce stravolte di gente che cerca di mettere ordine nei propri pensieri e non ci riesce, e forse si domandavano in ritardo come mai fossero usciti vivi da quel fuoco dei misteri che gli aveva mangiato gli abiti e li aveva segnati sul petto con una croce scura e regolare.

– Ninè non entrare, non entrare che il nonno si è sentito male.

Con scarti repentini e a lunghi balzi, come una lepre mi portai sino alla scala di legno scuro imprecando. – Voglio vedere mio nonno, fatemelo vedere! – imploravo tra le lacrime. Arrivai sino in soffitta tenendo gli occhi chiusi e i denti stretti, e lì trovai nonna Mintonia che pregava stesa sulla burra, senza lacrime, né addormentata né sveglia, e nonno Vanniccu che penzolava dalla trave centrale, sospeso tra il letto di crine ed il nulla.

Aveva la faccia nera e nuda, con le orecchie magre seminascoste dalla berritta, e le sopracciglia lunghe e unite incorniciavano una smorfia di scusa e di dolore. Le sue ghiandole erano impazzite e si erano aperte come fichi dopo la pioggia, perché un odore insopportabile impregnava l'aria e ogni cosa.

Nonna Codditorta continuava a pregare, mentre io piroettavo digiuno e disgraziato in quella sala d'aspetto del mio futuro, dove mi rifugiavo a giocare coi pensieri, parlando a voce alta all'incontrario e inventando lingue inesistenti.

La lingua di nonno Vanniccu aveva il colore di una condanna e, come l'accento indeciso di uno scolaro, penzolava al centro di quelle labbra posizionate sull'ultimo quarto di luna.

Ohi mannoi, mannoi! Mannoi meu!
Mannoi mannu, mannoi caru e de amore!
Cantàemi galu cantones chene musica
e chircàemi nidos de pisinache e de astore.
Ghiràemi torra thilicuccos e marias vola vola,
cincicorros e libros de iscola.
Mannoi meu, mannoi meu,
no mi lassezes gosi tristu
in custu munnu chene capu e chene coa.

Un annetto prima, coi suoi occhietti mobili e profondi che non sapevano nascondere la gioia ed il dolore, mentre si mangiava nella casetta di Sa Tinzosa e si parlava di Dio e di miracoli, mi disse qualcosa che forse non avrebbe voluto dirmi, perché cambiò subito argomento e tornò a guardare i gechi che a passetti elettrici e veloci solcavano il soffitto: – Ninè, ricordati sempre che Dio decide quando dare la vita, ma non quando prenderla.

Diedi un calcio alla spalliera del letto in ferro smaltato e decorato, e frantumando come un ubriaco contro i muri la magrezza dei miei pochi anni, mi precipitai nel terrazzo di casa.

La scatola di legno dove dimoravano i leprotti che mi aveva regalato Mannoi Vanniccu era vuota. Le foglie di lattuga e le piccole fascine di trifoglio erano intatte, ma Boroddu, Boreddu e Buruddone, il più grosso, erano scomparsi.

Il muro del parapetto era troppo alto per lasciarsi scavalcare e la porta del gabbiotto era chiusa; l'unica uscita era quella delle canalette per lo scolo dell'acqua piovana che pallide e lunghe si affacciavano alla strada come becchi di latta di storni superbi.

I tre leprotti, senza sangue e senza gesti, si lasciavano già mordere gli occhi oleosi dalla mosca thirriccosa e sembravano imbalsamati in uno sbiadito pallore. Di nascosto li seppellii accanto alla tomba del nonno e li piansi come fratelli dispersi, vittime di un destino che ad occhi bassi sgravidava e ingravidava con la sua violenza la cagna e la zecca, la scrofa e la farfalla.

Mio padre, che aveva seguito la cerimonia da dietro il portale di Santu Zoseppe, si avvicinò e, porgendomi un fazzoletto spiegazzato, mi disse: – Ma proprio non lo sapevi che le lepri selvatiche una volta imprigionate impazziscono e si tolgono la vita? Amano la libertà più dei cristiani.

Per molte notti sognai il nonno impiccato che al posto della lingua aveva una coda di lepre, e leprotti impazziti che scorrazzavano nel tavolato cantando le sue canzoni misteriose, ed erano accompagnati da chierici che, miserelli, avevano paura della morte. In fondo alla trave di nonno Vanniccu erano forse imprigionati i nostri antenati che ridevano alle mie spalle e a pugni e calci si facevano strada nelle acque abbondanti della mia solitudine.

7

Quelli che seguirono alla morte di nonno Vanniccu furono giorni rancidi e maledetti. La pioggia venne giù pesante e affilata come un trincetto, quasi volesse consumare un po' il culo pesante della montagna di Turuddone. I lamenti e le litanie di nonna Mundica si perdevano come bisce impazzite nei vortici schiumosi che mulinando si versavano nei rigagnoli del torrente di Sa Ruca.

La fanghiglia rossastra e ferrosa colorava di sangue i pensieri dei beoni che facevano la fila sotto il loggiato della bicocca di Lillona la tisica.

Lillona la tisica abbassava gli occhi chiari e si lasciava prendere per mano e altrove dai nani e dagli storpi; aveva il viso pallido solcato da una trama di righe azzurre, ed era più furba e veloce della morte. Strappava i cuori dei derelitti a colpi di reni e li dava in pasto ai gatti; con la lingua strozzava l'anima, e nel suo budello scuro si perdevano i sogni dei folli che urlando di piacere tremavano come capretti appena sgozzati e dimenticati su un letto di puleggia.

Mia madre beveva la sua tristezza a piccoli sorsi e inseguiva sui muri le ombre morbide e spugnose che disegna la stearica consumata. Aspettando Mundicu Thitthone, ricordava forse quell'immenso lenzuolo bianco steso nel cortile dopo il matrimonio, con quelle rose ricamate del sangue della sua verginità. Mio padre ansimava come un mulo nel giaciglio di Lillona e dispensava carezze asmatiche e appiccicose come il catrame.

Tornò a casa una notte, quando le nuvole sgonfie come un brutto sogno se ne andarono altrove. Barcollando si lasciò cadere come una pietra sulla stuoia d'asfodelo: aveva il viso scavato, impaurito, e la memoria lacerata dai vini ribelli. Dopo un po', la fronte gli si illuminò di migliaia di perline di sudore gelido e puzzolente, e dalle sue labbra uscì un fischio funebre che anticipava un vomito che sapeva di quaglio e di resina.

Mia madre con la forza lo strappò al nulla e gli massaggiò le guance con panni intrisi in aceto; io raccolsi in un secchio i resti di un'esistenza misera, paralitica, senza meta.

Lo vegliammo a lungo, come altre volte, finché scuotendo elettricamente la testa uscì dal coma per dire in tono acrimonioso e dispotico che c'era da andare a Littos a preparare la legna per il carbone. Poi si addormentò con la cupa pesantezza che dà solo il troppo vivere.

Prima dell'alba uscii in cortile per saziarmi della fragranza frizzante e leggera della terra a lungo lavata, e mia madre si stese di fianco accanto alla stuoia, stringendo la mano di quell'amore che non voleva sbocciare. La luna diffidente di luglio saltava sulle querce e sulle ginestre, e le stelle, pigiandosi tra loro, cercavano di liberarsi di quel velo di muffa grigiastra che aveva lasciato la pioggia. Il cielo era un gigantesco presepe affollato di calde abitudini ed io lo abbracciai con un violento piacere.

Tornai in cucina per cercare il quaderno nero e lucido e, come tanti bambini svezzati a cavoli e lardo, dedicai alla solitudine la mia prima poesia. Forse non avevo capito il mistero che emanava la smorfia sarcastica di nonno Vanniccu, che quella è arte che scompiglia e richiede dolore aggiunto al dolore, ma di sicuro iniziai a pensare che avrei masticato il resto dei miei giorni come pietre di sale. In un serraglio immaginario cavalcai nel futuro, sino a quando i raggi del sole mi raggiunsero trapassando i frutti rotondi e lucenti del melograno.

8

Il ricordo di nonno Vanniccu appeso come una scommessa a quella trave gobbosa e deforme non si è mai lasciato seppellire con gli altri scampoli della mia infanzia e, come un incubo mercenario, qualche volta ancora mi perseguita. In sogno andiamo, insieme ad una coppia di buoi porporini, ad arare i campi di Dore Vonu, e nelle ferite della terra viola e argillosa infiliamo code di coniglio che, agitandosi al vento caldo della piana, diventano spighe grasse e lucenti.

Sorride nel sogno nonno Vanniccu, sorride come solo lui sapeva sorridere, con gli occhi umili e tersi e le rughe scolpite dal tempo sulla maschera di chi ha già visto, capito, superato.

Poco tempo prima di andarsene, mi portò per la prima volta ad assistere, il venerdì santo, alla crocifissione di Cristo. Durante la processione le luminarie all'improvviso si spensero e don Tzelleddu alzò gli occhi al cielo pensando alla carne lacerata del Signore. Mannoi mi prese in braccio e da lì cercai di penetrare nelle orbite vuote e scure dei cappucci dei giudei, che in quella recita incutevano una paura reale, perché ricordavano agli uomini che in questo mondo il tradimento e il supplizio sono merci che abbondano.

Dentro la chiesa, tra i corfari e il vociare blasfemo degli avvinazzati, si respirava un'aria magica che sapeva di clematide e passiflora; il Cristo in gesso sembrava quasi vero e dall'acquasantiera laterale, sotto il baldacchino ligneo, quando quei boia colorati e incappucciati martellavano i chiodi, io vedevo il sangue scorrere denso e scuro su quella croce nera e pesante, che era il simbolo della croce di tutti. Un coro invisibile dall'alto rimbalzava sull'altare e si ritraeva come un muscolo reciso, mentre il lampadario centrale a forma di cupola rovesciata dondolava sopra i fedeli inginocchiati.

I simboli promessi della resurrezione scintillavano alle pareti in un paradiso di bronzi e di ceramiche, ed io in una notte insonne e senza tempo ignoravo il destino beffardo che scruta il sorgere dei pensieri e li anticipa e li travolge.

Quando uscimmo nel piazzale, una costellazione intermittente di ceri colorati condiva l'aria di sentori mistici e lasciava in bocca un sapore intastabile di spezie e cioccolata. Prendemmo la strada di casa accompagnati dalla luce della luna che si specchiava negli intonaci delle stradine e delle fontanelle.

Arrivati a Sa Terra Mala, le campane suonarono dodici colpi e si sentì un urlo prolungato invadere i cortili e attorcigliarsi nei pergolati; mio nonno mi infilò nella nicchia di un mosaico di San Giuseppe e provò a inseguire la coda di quel grido misterioso.

Eravamo nel vialetto costeggiato da rose canine e fragole selvatiche che portava al cortile di Peppedda Vucchidurche, ed io lasciai la nicchia per seguire il nonno che avanzava titubando fino all'arco dell'ingresso. Nell'aria, leggera e silenziosa, volava l'anima di Egesia il cirenaico, che ordinò di fermarci e di entrare perché lì si discuteva a voce alta del diritto di ciascuno di vivere o morire.

Pippiola, la figlia quindicenne di tzia Peppedda, era stata violata da un mendicante con la barba di rame e gli occhi scuri, che le aveva sottratto il sigillo della verginità e l'aveva ridotta, dopo pochi mesi, a una giara pallida e panciuta.

Quando entrammo in cucina, su dottoreddu si era già liberato della sua palandrana e della cicciòla e armeggiava su un tavolo coi ferri che stavano a bagno dentro un lavamano di ferro smalto. Tziu Mimminu Ghiacciolu se ne stava accanto al camino spento e si schiacciava le orecchie coi palmi delle mani per non sentire i lamenti di quella figlia malaccorta che si era fatta ingravidare da un raccontastorie che viveva di elemosine. Tzia Peppedda con le altre figlie manteneva Pippiola che spremeva sudore a gambe aperte su un ganapè di velluto.

L'ultimo gemito fu di liberazione, perché in una bacinella zingata colma di acqua tiepida scivolò come un naviglio il corpicino scuro e incrostato di bianco del figlio del peccato; peccato lungo e pesante: perché lo estrassero con una ventosa che pareva il pianale di un'enorme lumaca.

Quando lo ripulirono si ritrovarono di fronte un viaggiatore vecchio e smarrito, con le orbite vuote e imploranti come quelle dei giudei e i canali uditivi intasati da grappoli di verruche scure. Su dottoreddu capì subito che quell'esserino era sordo e cieco, e più vicino alla bara che alla culla.

Nonno Vanniccu fu l'unico ad avere il coraggio di prenderlo in braccio e guardarlo da vicino, ma lo ripose sugli asciugamani stesi nel ganapè quando lo sentì parlare senza rivolgersi a niente e a nessuno per chiedere ad alta voce e con insistenza perché lo avevano svegliato. Fuori le strade erano senza ombra e i cani latravano impauriti.

Arrivammo esausti nel loggiato di casa e le mura spesse e amiche ci accolsero sotto il tetto di canne e tegole rosse. Nonna Mintonia dormiva sul lettone e noi ci stendemmo sul tavolato e ci coprimmo con una coperta di lana burda. Dopo un'ora di silenzio, in quelle mura vecchie di secoli sentii la voce di mannoi che mi chiedeva se ero ancora sveglio. Ero sveglio ma non risposi, perché la paura mi faceva sentire come sullo strapiombo di una roccia e pensavo che anche spostando solo le labbra sarei potuto precipitare chissà dove. Per non diventare un infelice, il figlio di Pippiola fu lanciato come un obolo nelle gelide acque del laghetto di Marraganai.

E si no est goi est gai, su dolore canno venit non ti lassat mai.

9

Per guadagnarsi da vivere, di mestiere mio padre non faceva soltanto il carbonaio; aveva un lavoro per tutte le stagioni. Ogni anno verso maggio-giugno, quando i fiori giallognoli della sughera imbiondivano gli altipiani di Iscurulè e di Strisiliai, all'alba, con gli asini ancora insonnoliti e distratti, andavamo incontro al sole che ci aspettava nella gola di Sas Mérulas Currudas. Si procedeva a piedi, per non stancare le bestie, e la prima fermata era tra le ombre dei salici del fiume Thilicone, che per il pranzo ci regalava sempre qualche anguilla o qualche trota odorosa di mentuccia e di sambuco.

Quando il nibbio reale e la poiana con il loro volo elegante e minaccioso iniziavano a solcare il cielo, mio padre, con la sua scure corta e lucente, iniziava a scuoiare le querce per liberarle di quel pellame rugoso e screpolato. Io osservavo in silenzio e stendevo quelle spianate spesse e irregolari su uno spiazzo, prima di legarle in fascioni con il fil di ferro. Spesso la scure rimbalzava su quella corteccia suberosa e allora mio padre, sputando gemiti e sudore, incuneava il manico affilato nella ferita della pianta e lavorava di piatto per sfilare la gonna tubolare a quelle signore che esponevano al sole le loro foglie già visitate dai bruchi.

Se la raccolta era povera, perché i proprietari sorvegliavano le tanche in attesa dei mercanti della Gallura, Mundicu si contentava di intagliare con maestria le parti concave del tronco o delle braccia principali nei boschi del demanio. Con questo sughero giovane, armato di lametta e di trincetto, a casa costruiva vajones e vajoneddas, mojos, mesicheddos e pale per biscottare il pane crasau.

Un mezzogiorno di giugno, mentre riposavamo vicino alla sorgente di Tiricò in attesa che la morsa della calura si allentasse, con passo liquido e malintenzionato ci arrivò addosso Su Gurturgiu, la guardia campestre del paese.

Aveva il muso largo e umido, e a mezzabocca sorrideva di un sorriso cattivo; le sue orecchie grandi e ricadenti si erano tese come ali di pipistrello. Era avvolto dentro una divisa nera e dalla giberna stemmata, due ciuffi di peli bianchi e ribelli gli spuntavano come corna. Gurturgiu aveva fama di uomo violento, perché spesso aggrediva e molestava senza essere provocato.

Appena lo vide, mio padre balzò improvvisamente in piedi lasciandosi andare la mano verso la scure che aveva conficcato nel busto di un leccio. Io sentii come una ferita silenziosa e per un attimo pensai che quella bestia scura dagli occhi impastati di boria e di fiele avrebbe squarciato con una fucilata il petto lanoso e scuro di mio padre, che si era liberato della camicia prima di addormentarsi. – E tando Thithò non bi mendas mai? Ses naschiu ladru e cheres a morrer ladru? – Mio padre non rispose; con occhi di brace lo fissava e lo invitava a lasciar perdere, perché ladro non si sentiva, e per qualche quintale di sughero di scarto non era il caso di fare tanto chiasso e rovinarsi l'esistenza.

– Camina e trotta a caserma! – Mio padre si avvicinò lentamente alla bisaccia, come per prendere la camicia. Misurando i gesti e le distanze ne estrasse qualcosa che somigliava ad un arancia brunita e metallica. Gurturgiu rabbrividì violentemente e le ciocche bianche presero a vibrare come impazzite. Mio padre gli sibilò di andarsene dopo aver posato il fucile a terra, poi avvicinò quello strano frutto alla bocca e ne addentò un anellino che vi sporgeva.

– Vattene, cane 'e isteriu, perché adesso chiudo gli occhi e conto fino a tre e, se dopo ti trovo ancora lì, ti faccio volare come la merda dall'orinale! – Gurturgiu posò il fucile sui cardi e si allontanò sgambettando tra i rovi e le selci. In quel momento incontrai lo sguardo impertinente di mio padre che, rilassando i lineamenti contratti, mi invitò ad abbeverare gli asini e a riprendere il lavoro.

Continuammo sino a notte inoltrata a scorticare con rabbia veloce quelle piante che dispensavano oggetti che sarebbero finiti nelle case e negli ovili. Caricammo gli asini che era già buio e, come fantasmi, dietro a loro riprendemmo la strada di casa. Mio padre si muoveva agevolmente tra i sassi, io ogni tanto inciampavo vinto da qualche presentimento. Nella salita di Sas Boddas mi prese a tracolla, e quando arrivammo alla gola di Sas Mérulas Currudas lasciò andare avanti le bestie e mi fece scendere: – Ninè, paura hai avuto? – Mi chiese sollevandomi il mento per osservare il cielo stellato. – No bà, non per me, per te avevo paura, che quello si capiva che ti voleva ammazzare.

Mi guardò negli occhi come un viaggiatore nel deserto guarda un miraggio, e tracciò con la mano un gesto sulla tela del cielo.

– Ninè, non ti ho mai regalato niente vero?

– No bà, mai niente.

– E allora apri la tasca, perché questa sera ti regalo una fetta di cielo.

Mi aprì la tasca del camiciotto e la richiuse ben bene dopo averci soffiato dentro.

– Conservala bene Ninè, perché quella fetta di cielo rimarrà sempre e solo tua! Non perderla e non venderla mai!

Con quella fetta di cielo in tasca cominciammo la discesa verso le lampade a pera che teneramente illuminavano le prime case di Oropische.

10

I casi del destino umano, si sa, sembrano tutti diversi e tutti in fondo si somigliano. Sotto l'icona di qualche vergine o di qualche santo, qualcuno sfida sempre la sorte per nascere o morire in modo originale ed unico, ma alla fine ci si scopre marchiati dal ferro rovente del caso che concede solo poche e stupide varianti.

Una sera d'inverno, io, Zobbi e Lettorina, approfittando del fatto che le nostre madri erano impegnate nell'orazione serotina per la salvezza delle anime inchiodate ai loro peccati, entrammo in cimitero lasciandoci alle spalle il cancello che separava il regno dei morti da quello dei vivi. Il posto di frontiera era cupo, rumoroso e spettrale, e la nostra curiosità, dentro quelle pareti alzate a ponente e sotto l'oscillare di quei cipressi che parevano enormi trottole allungate e rovesciate, si trasformò ben presto in rombi intestinali che si buttavano giù senza vergogna.

All'uscita del vecchio convento, che era anche la nostra scuola, quella tarda mattinata, seduti all'ombra di un olmo nel cortile dei padroni delle miniere, dopo aver parlato di tesori da cercare sotto il monte Ballarianu e progettato nuovi strumenti per spremere le more e la murichessa, avevamo deciso di visitare l'ossario del cimitero.

Come ubriacarsi, fumare medichinzu o tirarsi una sega in pubblico, era un modo di diventare grandi, un modo di vincere la vera paura, quella della vita che tutti i giorni mandava regali che puzzavano o profumavano.

Quelli della sesta classe, la sera precedente, avevano sfidato una tormenta di neve per andare a lanciare in una fessura della botola dell'ossario una moneta d'argento.

Vinta l'urgenza di andare di corpo, appena varcato il cancello, come scolpita col fuoco dell'inferno ci apparve su una parete incorniciata dal muschio e dall'edera la prima lapide. Era quella di tziu Tinninniriolu, che aveva profanato i resti di Santu Portholu che riposavano all'interno dell'urna di terracotta nell'altare laterale della chiesa di Su Porciu.

Per quella profanazione fu condannato da potenze occulte e misteriose a perdere un brandello di carne per ogni peccato, e in poco tempo si ridusse a uno scheletro e in una giornata più ventosa delle altre, tziu Tinninniriolu volò via per chissà dove, gettando in faccia alla gente folate di cinismo blasfemo.

Per dilatare quegli attimi così ricchi di arcane emozioni, avrei quella sera impegnato il resto degli anni della mia esistenza, ma di così frivole scommesse, si sa, il padreterno non si cura affatto, tantomeno quando il giocatore è un bambino che nasconde, sotto le ingannevoli apparenze del suo candore, il cancro del male di vivere.

Con smorfie di rapaci e senza dire una parola, proseguimmo verso l'ossario, inseguendo ansiosamente un sogno che quelli che riposavano sotto i nostri piedi avevano già fatto e dimenticato, e forse a qualcuno quel sogno era scoppiato tra le mani o lo aveva appeso a disseccare su una trave o sul ramo stanco di un ulivo.

Come un fulmine uscì da uno dei vetri rotti della finestrella ovale della chiesa un barbagianni, bianco come una soffice palla di neve. E urlava e ronfava quella bestia, e tracciava segni circolari tra i cipressi intirizziti dal gelo che spargevano le stelle.

Zobbi era l'unico di noi a credere che gli uccelli leggessero e parlassero, da quando un mattino arrivò in paese un mago con due merli e una mariapica che ballavano e cantavano su un trespolo e pareva davvero leggessero la musica su uno spartito. Si appoggiò ad una lapide e provò a tradurre a modo suo quello stridore da operetta che s'istriga continuava a salmodiare, che quell'uccellaccio maledetto ci diceva di tornarcene a casa.

– E così facciamo proprio la figura dei minciali! – Rispose, tendendogli la mano per invitarlo a proseguire, Lettorina, che proprio la figura del minchione non la voleva fare.

– Hai ragione Zobbi, se torniamo indietro adesso, i più grandi ci scorreggeranno in faccia per il resto dei nostri giorni. – Aggiunsi io.

Mendicando un po' di coraggio, arrivammo in un angolo del piano rialzato e da lì vedemmo l'ossario, coi suoi archi e i suoi rosoni di trachite e un anticamera che ospitava una lettiga a cassettone dipinta di verde pastello. La lettiga aveva un coperchio a piramide tronca col manico e due feritoie laterali a chiave di violino rovesciata; sembrava una grande cuccia per cani, coi piedi tinti di nero e lavorati ad artiglio. L'ombra degli archi nascondeva la botola che stava al centro sotto una cupola scrostata e disadorna.

Lettorina posò la sua mano tremante sulla mia spalla, e con l'aria di uno che voleva farmi un favore, mi indicò con l'altra una costruzione che sembrava una piccola cattedrale a forma di barca. – Lì dorme tuo nonno Ninè.

Io sapevo solo che l'ultima dimora di mio nonno l'aveva scolpita mio padre col granito di Oddokàkkaro ma, per una superstiziosa speranza, mi ero sempre rifiutato di immaginarlo chiuso e fermo in uno spazio così ristretto, lui che era abituato a camminare nei rocciai e nelle garighe di Usaru, lui che faceva rotolare gli occhi come biglie nella piana di Murtedu, lui che era abituato al profumo dell'archimissu e al veleno del verbasco.

Il mio angelo custode, se ce l'avevo, di sicuro era distratto e non mi venne incontro, perché senza preavviso sentii un filo trasparente stringermi il collo e vidi l'uccellaccio che cercava di tirare forte mentre scappava via. La voce di mio nonno arrivò fresca e con rumore di zoccoli per spezzare con una roncola quel filo e sussurrarmi: – Como juco su coro in pache Ninè! Como juco su coro in pache...

Nel frattempo Zobbi e Lettorina avevano riunito la loro audacia e si erano spinti sin dentro la cappella e mi chiamavano. – Ajò Ninè, sbrigati, che se continuiamo così, qui si fa giorno!

Quando li raggiunsi, scoprimmo con sorpresa un grosso clavicembalo incassato in una nicchia rettangolare della parete, aveva la doppia tastiera lucida, e nell'aria si sentiva la vibrazione delle corde appena pizzicate. Se è vero che c'è un po' di giudizio anche nella follia, tutti e tre pensammo prima ad uno scherzo e poi al dileggio e alle risa di quelli che avrebbero ascoltato quanto stava avvenendo intorno a noi. Le cose che un bambino sa inventare in un posto sono state sempre già inventate altrove. Forse, ma non sempre.

Ci avvicinammo lentamente alla calotta della botola e Lettorina estrasse dal tascone del cappotto la torcia cromata di suo padre, quella potente che usava di notte al casello, quando sbarrava il traffico ai carri per far passare le lettorine.

Con un minimo di sforzo tolsi via quel tappo impolverato, e da quel cunicolo che si perdeva nel grembo della terra salì, accompagnato da un gran soffio d'ali, un odore di niente mischiato ad una polvere leggera e finissima come quella del cacao. Il cono di luce della torcia si fermò su un mucchio di ossa coperte da un velo trasparente di organdina, che le preservava dalla polvere e dai nidi di ragno.

Alla morra silenziosa ci giocammo il punto per varcare l'orlo di quel pozzo che poteva trascinarci giù e giù, sino al labirinto delle vie traverse dove si perdono gli orizzonti del mondo. Mi calarono lì dentro, poi mi passarono la torcia, e lì per un istante pensai che potevano richiudere la botola e tantos saludos a sa contonada.

Quel velo trasparente era sdrucito solo in un punto, e forse lì era caduta la moneta, o forse lì era volata via l'anima di qualche mezzomorto. Chissà perché i teschi vuoti danno sempre la sensazione di sorridere della stessa risata, la risata di chi sa già come va a finire il nostro braccio di ferro col tempo che passa. Si poteva morire in mille modi, e lì non c'era traccia di guerra o di malattia, d'inedia o di peste.

Rovistai tra femori e clavicole, tra omeri e costole, ma della moneta d'argento neanche l'ombra. Proprio quando ero quasi rassegnato a chiamare i due compagni per farmi tirare su, schiacciai col piede le falangi di una mano chiusa a pugno e vidi luccicare con la forza di un barbaglio qualcosa che si rifletteva sulle pareti bianche dell'ossario. Con forza di muscoli che da tempo non c'erano più, quella mano stringeva la moneta d'argento, ed io così la presi, e con un urlo liberatorio la passai a Zobbi, che quasi svenne perché pensò che gli abitanti dell'aldilà mi avessero scarnificato.

Confusi e terrorizzati per l'insperato ritrovamento, tornammo a casa succhiando l'aria gelida, con quella mano incartata in un foglio di giornale che era il nostro trofeo, era il prezzo pagato alle superstizioni di chi vuole crescere troppo in fretta.

All'entrata della scuola, quelli della sesta ci aspettavano sotto i portici, anticipando da lontano risate di scherno e gesti scurrili; ci accolsero in semicerchio pronti alla beffa e allo sputo, ma tutti rimasero senza fiato e presero a scappare quando Lettorina estrasse dalla borsa quella mano che stringeva ancora la moneta d'argento e disse: – Questa è per voi, cacareddas e miseràbiles!

Da quel giorno, nella gradinata di via Prade Ungia, a guardare le tette di mastra Nicchedda Tittardoro, occupammo un posto in prima fila.

11

A nove anni ero un ragazzo membruto e ozioso che sentiva come una zavorra l'inerzia del passato; avevo i capelli ondulati color janna 'e muru e occhi minuti e meravigliati, cangianti tra il verde e il marrone, come quelli della volpe. Il naso era carnoso e vistoso, con quelle nari quasi bovine che in campagna mi aiutavano a percepire profumi che altri ignoravano; le labbra erano allora butirrose e sporgenti e poco ridevano, un po' per mascherare i due incisivi superiori spezzati in un dondola-dondola maledetto, un po' perché di occasioni per sorridere la vita me ne aveva offerto veramente poche.

Una di queste me la regalò don Burranca, che da quando frequentavo malvolentieri il catechismo e disertavo il cinema parrocchiale, aveva detto a nonna Frantzisca che ero un piccolo anarchico ostinato e ribelle, nei pensieri e nelle parole. In verità non mi poteva arrampanare dal giorno che gli vomitai addosso, e in cuor suo mi considerava un diavolo e mi avrebbe volentieri scomunicato. Da quel giorno mia madre non perdeva occasione per farmi recitare un po' di preghiere, e mi infilava nelle tasche immagini di santini di ogni specie, e il venerdì sera mi portava con lei nel saloncino della chiesa di San Giacomo, dove don Tzelleddu, insieme a due monaci benedettini, dispensava consigli a giovani coppie ancora all'oscuro dei meccanismi grandiosi e infantili che regolano il rapporto tra il solco e il seme. Io ascoltavo sempre con noia e con curiosità, convinto che i preti, "poveri di ormoni per natura e uomo-sensuali per vocazione", come diceva nonno Bantine, di quelle cose poco sapevano e molto immaginavano.

Un venerdì sera che mio padre era più sobrio e meno collerico del solito, mi fece indossare i pantaloni lunghi con la piega e il risvolto, e la camicia blu con le iniziali ricamate, per portarmi in sezione a sentire e vedere i risultati delle elezioni alla televisione.

Di questa televisione tutti ne parlavano ma pochi l'avevano vista; chi la descriveva come un armuà, chi come un forno dove al posto del pane si infornavano le figure e le voci, chi come un segno del maligno, perché nelle tre case dove era entrata si avvertivano strane presenze: danzavano i soprammobili, vibravano i pavimenti, piangevano le madonne e gli anziani perdevano per sempre il sonno.

– Ninè, andiamo in sezione a seguire i risultati delle elezioni, che se vince il nostro partito, ti invito una ridotta di vino nero.

Inutile dire che "il nostro partito" non era quello del prete, di su dottoreddu, del proprietario del mulino, del farmacista, dei latifondisti locali coi loro balenti, e forse neanche quello di mia madre, che dopo le elezioni comunali diceva sempre, ma con poca convinzione: – Abbiamo vinto Ninè! Finalmente abbiamo vinto. Già era tempo...

Quella era comunque una sera speciale e insolita, perché le elezioni erano nazionali, e rare erano le occasioni che avevo di spremere l'affetto paterno, che nascondevo subito tra le pieghe del mio mondo impenetrabile, dove tutto era quiete e pura contemplazione.

Mia madre, quando ci vide pronti a uscire così pieni di entusiasmo e di candore, ci sbarrò improvvisamente la strada e si piantò tra il gancio di ferro ed il passante del portoncino, dicendo che io sarei andato in chiesa con lei piuttosto.

Mio padre la guardò con gli occhi fissi e ingranditi dall'incredulità, e restando immobile le domandò perché mai fosse lecito andare in chiesa, ma non in sezione. – Pruite a cesa e no a setzione?

Lei, cercando in fretta di ricordarsi in quale altra circostanza gli avesse visto quello sguardo di sfida, rispose quasi scalpellando le parole: – Ca in setzione sas ànimas si pèrdene e in cesa si sàrvana!

Quando era lucido, mio padre spaccava istintivamente le fondamenta di qualsiasi ragionamento, per questo le si rivolse piangendo con rabbia: – Già sei a frore, bella bigotta! Scommetto che anche tu pensi che in sezione mangiano i bambini?

Fu la prima volta che vidi mio padre piangere, e quelle lacrime ancora le conservo, e sono la pioggia in quella fetta di cielo sereno che mi aveva regalato in una sera di giugno nella gola di Sas Mérulas Currudas.

Le mie simpatie per i preti di tutte le religioni appassirono quella notte, e le fragili illusioni su un aldilà meno orrido dell'aldiquà, si spogliarono come un mandorlo d'autunno. Mancavano venti giorni alla prima comunione e a malagana anche quella sera mi accomodai in uno degli scomodi banchetti del saloncino di San Giacomo.

Quando arrivammo, don Tzelleddu stava finendo di parlare delle "azioni che provengono dal corpo", del "piacere dell'astinenza", degli "effetti devastanti della fornicazione sullo spirito", ed io provai subito un'irrefrenabile voglia di troncargli le frasi in gola; una voglia che mi intasò le viscere ed esplose nella punta dell'indice sollevato per chiedere la parola. – E ite v'at Ninè? Cosa c'è? Fai da bravo, che queste cose non sono per te, che ancora devi mangiarne pane d'orzo prima di capirle!

Memore di una frase che avevo sentito a un vecchio muratore che in piazza si rivolgeva a un manovaletto che faceva lo spaccone, e mi era sempre piaciuta per il suo significato e la sua musicalità, mi alzai in piedi e salii sul banchetto per farmi sentire da tutti. Pronunziai la mia bella frase: – Calzolaio non andar oltre la scarpa... – e mi fermai, osservato da sguardi che pietrificavano.

Mia madre, che mi vedeva già spuntare le corna e la coda, mi avrebbe ucciso lì, mi avrebbe sacrificato al conformismo, alla vergogna di avere un figlio miscredente che osava insultare un servo di Cristo.

Nella mia incurabile caparbietà, frutto acerbo dell'incontro tra una santa e un agnostico, rivolgendomi ai fraticelli e al parroco, aggiunsi un altro carico, chiedendo a don Tzelleddu come potesse spiegare qualcosa che non aveva mai fatto, perché, dal momento che era sposato con Dio, delle "azioni che provengono dal corpo" ne sapeva quanto me, che ero un bambino: – ...queste cose, chi non le può fare non le può spiegare!

I monaci e il prete, in una sorta di ebbrezza simultanea, presero a pestare i piedi con forza, come a voler schiacciare un serpente lungo e colorato, e io sentii nelle orecchie un cigolante dondolio che pareva il rumore del trenino nel ponte di Niala, e mi misi a ridere come un imbambolato, dimentico per un attimo di quanto mi accadeva intorno.

– Cust'est un anticristu Ilà! Pòrtatelo via e mettilo in penitenza per purificarsi sino al giorno della comunione!

Mia madre mi riportò alla realtà con uno di quei pitthiconi nel fianco che lasciavano il segno nero per settimane e, soffocata dalla rabbia e dall'affanno, mi rincorse urlando sino all'uscio di casa.

Fuori l'aria era pesante e la terra liberava nelle strade

il caldo e la luce che il sole aveva riversato durante il giorno; le locuste cantavano sotto i sassi e i gatti andavano in fretta in cerca di compagnia. A quell'ora, le acque del fiume Thilicone scorrevano veloci, scure e silenziose, tra siepi di salici e di rovi ricchi di more grasse e polpose. Nel cortile, sotto l'albero del melograno, passai il resto della notte a pensare che il bene non si fa per abitudine e tantomeno per mestiere.

All'alba una pioggia lenta e triste come una nenia invernale mi svegliò proprio mentre sognavo di salire su una catasta di legna, accompagnato da due monaci incappucciati che recitavano un atto di dolore. Mia madre, ancora sveglia, in cucina piangeva per il suo matrimonio, per un fratello emigrato in Francia e morto in una fonderia dopo una miserabile esistenza, e per quell'unico figlio anticristo che da qualche tempo parlava sacrilego e pareva baciato di nascosto da una fata impura. Le ultime elezioni, il "nostro partito" di sicuro le aveva perse, perché il sacco coi punteruoli e le mazzette di mio padre non erano al solito posto.

Sino alla vigilia della prima comunione dissipai la mia tristezza combinando versi malinconici e deliranti, e vinsi la solitudine ammaestrando lucertole e ragni, lanciando pensieri sfrontati oltre il muro del cortile, oltre le nuvole di polvere e di caligine, verso la casa di mastra Nicchedda Tittardoro.

12

La mattina della comunione, quando mi infilarono dentro un saio bianco con una greca dorata, sentii una strana letizia invadermi l'anima. Prima di annodarmi il cordone che mi tagliava i fianchi, nonna Mintonia mi inumidì i capelli con acqua di gelsomino e me li separò sulla destra per farmi un boccolone col ferro da stiro appena caldo. Quando ebbe finito, il suono della sua voce, che dal giorno del lutto era scomparsa come per un incantesimo, riprese a librarsi nella grande cantina silenziosa, ed io sentii come un brivido trapassarmi le ossa, perché quella voce non era più la stessa ma sembrava quella del nonno che pareva volare sulle morbide ali di quell'uccellaccio che avevo visto in cimitero.

Si allontanò verso il tavolo dove mia madre con nonna Frantzisca, zia Rosaria e zia Tinedda, finivano di stendere e di tagliare a rombi l'arantzada sulle foglie dell'arancio, e scrisse lentamente un biglietto che ripose in una piccola busta insieme a un soldo di carta piegato a soffietto, e quando tornò verso di me, esclamò: – Izu meu, ite bellu chi ses oje! Pares unu cherubinu; tambene si d'aviat pòthiu vier mannoi!

Io le carezzai il viso che l'età, il troppo pensare alla morte e le malattie avevano scarnito, lasciando una ragnatela di aride rughe; e le risposi che da lassù, dove non c'è né spazio né tempo, nonno Vanniccu mi vedeva e mi guidava sempre. Zia Rosaria tolse tutti dal piagnucoloso imbarazzo inseguendo con un panno da cucina un moscone dalla pancia verde che ronzava voglioso tra i dolci e le caraffe del vino rosa e ambrato.

Durante la cerimonia, don Tzelleddu ci invitò a non abusare troppo dell'amorosa offerta del corpo di Cristo e ci ricordò, come aveva già fatto il sabato delle confessioni, che l'ostia era troppo leggera per non spezzarsi sotto il peso di certi peccati.

Parlava e mi fissava, don Tzelleddu, ed io, per liberarmi da quella morsa colpevolizzante, mi strofinai il naso rumorosamente con la manica troppo lunga della tunica. Con l'altra mano stringevo un grosso cero bianco e corto che per mia sfortuna era sfaldato al centro e finì a rotolare per terra, fumando e scintillando come un coette.

Tutti lo lessero come un presagio, e in cuor suo il prete si dispiacque perché non poteva più rescindere quel contratto tra me e la carne del Signore. Dopo aver gustato il vino lanciando sguardi rancorosi verso di me, che appoggiai il mezzo cero spento sulla gradinata, con passo rassegnato si avvicinò verso la balaustrata di marmo grigio, e tutti, come serpenti affamati, raccogliemmo con la lingua quell'ostia che sapeva di fiore di trifoglio ed era leggera e pesante come il mistero della fede che si condensa e in un giorno beffardo tutti piega e stordisce.

Pranzammo a casa di nonno Bantine, che aveva ombreggiato il cortile con un vecchio telo militare disteso tra il pergolato e il filo dei panni che sporgeva dal terrazzo. Sui tavoloni rivestiti di tela cerata che posavano sui blocchetti, io sedevo tra tzia Nicolosa e tziu Tridicone che ogni tanto mi dava una leggera gomitata e mi allungava il bicchiere del vino per sorseggiarlo.

D'un tratto mi voltai sorpreso da una musica che proveniva dalla cucina e vidi mio padre uscire con un organetto a tracolla, rosso e fiammante come il mantello di un principe. Lui un poco barcollava, più per scherzo che sul serio, e per far ridere i presenti si era messo in testa una cuffia di nonna Frantzisca e una fardetta a pieghettoni di zia Tinedda. Si avvicinò verso di me e mi mise a tracolla quel regalo inaspettato come un singhiozzo, incitandomi con un sussurro: – Sona Ninè! Suona!

Più tardi mi riempirono le tasche di partecipazioni che annunciavano su carta liscia e frangiata la mia prima comunione, e mi spedirono come un piccolo e volontario accattone a mendicare le ustrine dal resto dei parenti e dei conoscenti del vicinato.

Dietro di me si era levato come un maestrale, correvo al centro delle strade in ciottolato imitando il rumore delle moto, e frenavo solo di fronte all'ingresso dei destinatari che mi aspettavano sulla porta.

Quando arrivai a casa di zia Meruledda, la moglie del barista, che era sorella di nonna Frantzisca, ma nessuno l'aveva invitata perché si diceva bevesse troppi aniciotti e troppo marsala all'uovo, lei, camminando alla svelta sulle scale di granito consumato e lucente, mi fece salire nel soggiorno ed aprì un mobile a vetri rigonfio di bottiglie di ogni forma e colore, e ne prese una scura che sull'etichetta aveva una gallina che pareva ubriaca, e mi riempì un calice di quel liquido denso, caramellato e profumato.

– Bevi Ninè! Vive chi d'achet bene! – mi disse, mentre brindavamo insieme in quel soggiorno dove rumoreggiava come una pisciata permanente uno zampillo d'acqua che sgorgava dalla bocca di una venere e ricadeva su un contenitore a forma di conchiglia. Quando uscii per strada il sole crudele se n'era già andato ed io correvo senza vedere niente, pensando soltanto ai soldi che stringevo dentro la tasca e alla camicetta turchina che incorniciava i seni di mastra Nicchedda.

Proprio all'imbrunire, Ettorinu Thilipirche, il camionista, aveva scaricato nella discesa di Sa 'e su Vicàriu un carico di pietre da vespaio che occludevano la strada come un monumento. Io arrivai di corsa e salii come un Icaro barbaricino su quella piramide di conci sgretolati, per cadere dall'altra parte con un urlo che si trasformò in un botto sulla terra che sapeva di foglie guaste e di cani morti.

Mi raccolse sanguinante e dolorante zia Andriana

Istajera, e per sincerarsi che fossi ancora vivo mi sputò due volte sugli occhi facendomi il segno della croce sulla fronte. – Ninè, cosa ti sei fatto? Per carità, torna in te, che hai appena incontrato Nostro Signore e oggi non è giorno per morire.

Mi mise in ginocchio e pian pianino mi aiutò a rialzarmi: avevo lividi dappertutto e il mio primo completino nuovo era lacero e impresentabile, la fascia di raso benedetto che avevo sul bicipite sinistro si era volatizzata e il sangue, che iniziava a rapprendersi nelle ferite sulle gambe, mi dava una sensazione di freddo e di confusione.

Non salutai neanche zia Andriana, e con la bocca arsa e rovente presi di nuovo a correre sotto gli olmi verso la casa di nonno Bantine, dove gli ospiti, che stavano cenando sotto le tremuli fiammelle delle candele a carburo, mi accolsero come una coltellata nel petto.

13

La coda di quell'anno portò una tempesta di neve di quelle mai viste prima. Mi svegliai quel mattino dopo un sonno pesante e ferino, in attesa dei soliti rumori che tardavano ad arrivare. Aggomitolato tra le coperte non sentivo lo scalpiccio musicale dei muli sull'acciottolato né il lento arrancare dei buoi per la salita di Sa 'e Passiza.

In cucina il tric-e-trac dei ramicci che crepitando avviavano il fuoco, era più intenso e prolungato del solito e la lama di luce che di solito fendeva gli scurini della finestra era ancora pigra e indifferente. Mi alzai come un sonnambulo e di corsa mi infilai nel caminetto, dove sempre mi aspettavano la maglia e i pantaloni stesi a scaldare dalla sera prima su una piccola sedia impagliata e scolpita come un trono. Mio padre finì di arrotolare la cartina sul trinciato e poi la leccò con gusto e maestria sulla parte gommata, prima di farmi il solito rendiconto metereologico della giornata. Ma quella mattina mi invitò a bere la colostra di capra che mi aveva preparato e a tornarmene a letto, perché fuori c'era un metro di neve.

Io aspettavo sempre la neve come un miracolo, perché riusciva col suo candore, a mostrarmi le cose e gli uomini come in un sogno, e aggiungeva un po' di calma eternità allo straziante ritmo delle esistenze. Quando aprii la finestra mi venne voglia di buttarmi su quell'immenso tappeto che aveva trasformato Oropische in un deserto bianco. Le prime giravolte di fumo, che sbuffando lasciavano i fumaioli, volavano dolcemente verso la collina di Sos Savuccos, e gli orti di Biriai dormivano il letargo purificatore ai piedi della montagna di Turuddone, dove stormi di verdoni volavano ondeggiando e cantavano senza la solita monotonia.

Mio padre non si lasciò aiutare e con la pala aprì da solo un varco che tagliava in due come una torta di panna il cortile circolare; io dall'uscio lanciavo briciole di pane crasau per attirare merli, passeri e tordi.

Presi a pregare in silenzio perché quella nevicata si prolungasse all'infinito, e nel frattempo preparai i lathos con le esche di grano e di mollica. Quando scattavano le trappole su quelle bestiole, cercavo sempre di liberarle subito per prenderle vive e poterle accudire dentro scatole di cartone ben aerate e con la paglia per giaciglio, ma purtroppo tra i fili di rame spinti dalle molle, spesso non finiva un'ala o una zampa, ma il petto o il collo; allora mio padre li spiumava e se li cuoceva arrosto in uno spiedino di ginepro e di quella leccornia sputava solo il becco.

La nevicata sconvolgeva l'ordine delle cose e portava

fame di emozioni che indelebili si fissavano nella memoria. I grandi andavano per compagnie di casa in casa, gustando gheladina, óssica e purpuza, e si lasciavano dilaniare le interiora dal fuoco maledetto dell'acquavite. Le donne che avevano già finito di appezzare il maiale, preparavano lo strutto e si raccontavano la storia di Quirinu Chentusegas o di Mariola Bistoccu; quei bambini che non rimanevano ad ascoltare le storie accanto al focolare con le orecchie rosse e il cuore in gola, sugli slittini improvvisati volavano per la discesa di Currincias o si appostavano nei terrazzi e nei vicoli per lanciare bocce di neve ai passanti.

Quando le campane annunciarono il mezzogiorno, mi infilai nel cappottino di fresi con la martingalla e uscii per andare a mangiare da mia nonna che stava preparando la polenta con lardo e cipolle; per strada, mi rotolai sulla neve fresca chiudendo gli occhi dalla gioia.

La storia di Chentusegas, mannai Frantzisca la raccontava sempre con intenti educativi, ed io l'ascoltavo con passione immerso in uno stupido silenzio. Questo Quirino era uno che se lo tirava troppo, dove e come gli capitava, finché un bel giorno, nell'altipiano di Uragnu, non si sbraghettò di fronte alle mogli di Maseddu Thuccicurtzu e Cumminu Manilestru, che stavano raccogliendo finocchi selvatici e cicoria.

Chentusegas, che di mestiere faceva il porcaro ("Cos'altro poteva fare uno così?" aggiungeva di suo mia nonna), quando una sera andò a portare le ghiande secche ai maiali, trovò dietro il cancelletto di legno della porcilaia Thuccicurtzu e Manilestru, che lo legarono, lo spogliarono e gli spalmarono il latte della runza sui genitali, che poi gli asportarono con un colpo secco di falcetto per buttarli tra lo sterco dei maiali.

Il lussurioso, lo trovarono all'alba che galleggiava nella palude di Curcullai e lo misero dentro la bara così com'era, gonfio e con gli occhi fuori dalle orbite. Lo lasciarono senza sepoltura per una settimana, sotto il loggiato del suo abituro, perché non si trovava nessuno, neanche a pagamento, disposto a scavargli la fossa, e quando arrivarono i militi da Noroddile, trovarono la bara per terra, aperta, e il morto che si era strappato i capelli e li stringeva tra le mani.

– Si è risvegliato e poi è morto di nuovo per la disperazione e lo spavento di ritrovarsi senza il batacchio! – Concludeva sempre mannai Frantzisca in modo ironico e sentenzioso. Storie bizzarre e inverosimili che mi aiutavano a frugare con la fantasia tra la nebbia della vita, che nascondeva inganni e misteri.

Nel pomeriggio, dopo quella tempesta di neve morbida come il pelo delle capre, il sole tornò a splendere su un cielo che il vento aveva pulito come un cristallo. Dai tetti ondulati la sinfonia delle gocce che cercavano la terra si diffondeva nell'aria e s'incontrava col profumo del rosmarino e dello zafferano; tra le tegole, le chiazze di velluto dei muschi si allargavano emettendo riflessi brunastri.

Presi la strada di casa a naso insù, osservando i gocciolatoi che il gelo notturno avrebbe trasformato in una processione di stalattiti. Quando passai di fronte alla bicocca di Lillona la tisica, lei era alla finestra, guardava il tramonto da una cornice di legno calcinato e aveva negli occhi una tristezza che veniva da abissi popolati da fantasmi in gambali e catene. Sollevò in aria il suo esile braccio pallido e fece un gesto con la mano, come se volesse scrostare un velo inesistente dal vetro, e poi sparì per riapparire subito dopo sotto il loggiato.

– Non ti mangio, – disse, vedendo che non mi avvicinavo. Aveva nella voce un potere forte e colloso, un moschicida naturale che attirava gli uomini con promesse mai fatte, con cose mai viste e mai dette.

Mi fece entrare in casa e rimasi subito colpito dalla pulizia che regnava in quel pianoterra abitato da bambole di ogni misura; ce n'erano dappertutto, ed erano pettinate tutte come lei. I mobili e le pareti erano cerulei come i suoi occhi e il pavimento era di un legno caldo che quasi bruciava sotto i piedi.

– Ninè, d'appo muttiu pro di pedire unu piachere.

Che favore potevo farle io che ero solo un bambino?

Era rimasta senza legna e mi chiese qualche fascina di ramiccio, di quelle accatastate nell'orto della nonna. Di nascosto, feci tre viaggi e quando lasciai la casa di Lillona la tisica, i chiarori vermigli delle fiamme si riverberavano sui volti di porcellana delle bambole che proiettavano sui muri una giostra di colori. Prima di andarmene mi infilò in tasca un calendarietto profumato e mi promise che appena cresciuto mi avrebbe riscaldato in un altro caminetto. Da quella sera l'ignoto era meno oscuro, ed io osservai con altri occhi le luci delle lampade a pera che sfumavano sui muri di granito di Oropische.

14

Per la festa del patrono, quel venerdì 17 gennaio del 1958, arrivò il Circo Zampetta. Per me, Zobbi, Lettorina, Zosimeddu e Bagliore, lo spettacolo iniziò all'alba sul dirupo calcareo del monte San Paolo.

Ci eravamo appostati lassù ignorando il freddo tignoso e il maestrale che portava la musica dei sacri bronzi delle capre e le urla delle poiane affamate, per vedere dall'alto l'arrivo dei camion con la loro magica mercanzia umana e ferina. Coi primi chiarori dell'alba, un còlubro fosforescente prese a inerpicarsi per la salita riarsa di Su Corroncone: una sfilata di camion panciuti e colorati che coi fari ancora accesi sollevavano nembi di polvere scura.

Quando il primo autotreno superò il ponte di Sa Ruca, in una folle corsa bruciammo la discesa per annunciare agli amici e ai parenti che il circo stava per arrivare. Ci riempimmo le tasche di noci sgusciate e di mandarini e prendemmo posizione dietro il muricciolo del terrazzo di Zosimeddu, che guardava sullo spiazzo circolare di Gurusei, dove il tendone del circo, col caldo del sole, si sarebbe gonfiato come un immensa bolla di morbido pane crasau.

Noi aspettavamo pagliacci, acrobati, ballerine formose e domatori, e invece da alcune piccole case con le ruote scesero stiracchiandosi e sbadigliando solo alcuni individui che avevano perso sonno e vestivano in maniera poco stravagante. Ci guardammo con un po' di amaro negli occhi, domandandoci in silenzio in che cosa consistessero le strabilianti esibizioni circensi tanto decantate nelle bettole e nei luoghi di lavoro da chi dieci anni prima aveva avuto la fortuna di assistere ad uno spettacolo del Circo Zampetta.

Qualcuno, come Nelleddu Istiarica, ancora conservava come vestigio di una civiltà scomparsa, il biglietto rosso della prima fila.

Dov'erano le matrone poppute e rossettate che per anni avevano riempito le notti livide dei manovali e dei minatori? Dov'erano i trapezisti che si lanciavano in aria come rondoni impazziti per lasciarsi afferrare solo alla fine dalle mani imbiancate di una ballerina? I nostri sogni non facevano sconti al tempo, che già troppo ne era passato nell'attesa.

Quando Zosimeddu scese giù per portare una collana di salsiccia che avrebbe dovuto almeno in parte consolarci della delusione, sentimmo un ruggito che come una scossa ci diede un senso di vertigine e turbamento. Proveniva da uno dei rimorchi che alcuni operai avevano isolato dal resto della carovana. Gli altri iniziarono a scaricare fascine di tubi e pile di tavoloni, mentre un uomo alto e arcigno di fronte e di profilo, che di sicuro era il signor Zampetta, perché dava ordini a manca e a destra, si occupava di funi e di cavi di metallo.

In poche ore il tendone fu montato e prese a splendere con le sue tinte bluastre sui vetri appannati delle finestre di Gurusei. Lo gnomo riccioluto che controllava l'entrata, non seppe resistere al vino di mio nonno e alle salsicce di tzia Sidora, e verso le due del pomeriggio ci accompagnò al centro della pista che era gia coperta con un enorme telo rosso e plastificato; le gradinate erano vuote, i fari spenti e i trapezi dondolavano in attesa di regalare brividi ed emozioni.

Prima di andarcene, in cambio di sei Super senza filtro, il nano ci accompagnò nei recinti degli animali, e fu lì che incontrammo il padrone di quel ruggito, che scuoteva la sua folta criniera giallina e si leccava una zampa forte e robusta. Per un attimo mi ricordò un gatto selvatico che, preso a laccio in un canale della vigna di Sa Tinzosa, impiegò quattro giorni a morire. C'erano anche due tigri timide e solitarie, un elefante, due cammelli e una piccola capretta himalayana che si diceva sapesse far di conto e saltare dentro il cerchio di fuoco.

Lo spettacolo serale finì a mezzanotte, quando la luna già strisciava sui bordi dei tetti e pareva vicina come la trapezista che senza rete si avvitava e si svitava nell'aria. Tornai a casa inebriato dalla forza degli abitanti di quel piccolo paese ambulante, evitando i falò dei fuochi di Sant'Antonio, dove gli ubriachi si trattenevano a giocare alla morra e a danzare.

Per tutta la notte, tra i barlumi di luce che filtravano dal legno marcio degli scurini, racconciai quelle visioni fugaci e inventai una rappresentazione dove ero di volta in volta domatore, giocoliere, pagliaccio, ballerino, trapezista, e senza rete volavo con le mani su quella promessa che mi aveva fatto Lillona la tisica.

Non era ancora giorno quando Bagliore venne a svegliarmi per raccontarmi che alcuni incoscienti avevano rubato la capretta dal pelo folto e irsuto, per arrostirsela tra le braci del fuocorone di Guddulè. Povera bestia, venuta dai pendii scoscesi del Kashmir o del Punjab per portare un soffio di allegria e morta tra le mani di forsennati che disprezzano la vita. Altri disperati, consumati dalla solitudine e dall'odio, avevano spento la luce degli occhi di Juanne Iscorravoe, lanciando di proposito manciate di sale grosso tra le fiamme. Sant'Antonio, Sant'Antonio, patrono del riso e del pianto, degli inganni e delle verità.

15

Quell'inverno, nelle torbide stanze delle mie illusioni, entrò con una raffica di vento marzolino una ragazza minuta come uno scricciolo. Negli occhi aveva la luce di un Tintoretto e il viso di maiolica era incorniciato in una cascata di capelli corvini che nascondevano due orecchini in pietre dure e smalto. Il corpo era grassoccio e il culo le sporgeva come una coda bombata e rizzata; era timida e timorosa, e così se ne stava appollaiata su una sedia dentro un vestito nero e velluttato che era troppo lungo e troppo largo per essere il suo. Esili gocce calde le solcavano le guance, e forse il vento ancora sibilava nella sua testa, con quel suo thiiiiiiuu thiiiiiiuu che da giorni scuoteva le foglie dei lecci, quasi volesse strapparle dai rami.

Tzellina Culueseda era la figlia di Felitzinu Broduava, e piangeva così dal mattino, perché ogni volta che arrivava un tuono lei s'impauriva di nuovo e ricordava quel tronco possente della quercia che non aveva resistito alla forza invisibile del fulmine, ed era volato in alto portandosi via suo padre.

Gli abitanti di Oropische da giorni si erano barricati

nelle case e avevano rinforzato i tetti posando tra i canali delle tegole filari di pietre, per evitare che il vento scoperchiasse l'incannucciato e la pioggia allagasse le cantine e i granai. Io guardavo il soffitto e la trave di nonno Vanniccu vibrare sotto il fragore dei tuoni, e ascoltavo il rosario spezzato di nonna Mintonia che ogni tanto si alzava per spostare le casseruole e i lavamani che raccoglievano l'acqua che i mulinelli del vento insinuavano tra le crepe del tavolato e i muri di granito e fango calcinato.

Rasava e guardava in alto mia nonna e, quando i tuoni rimbombavano sui vetri, mi tirava su e mi stringeva come quando ero bambino, e sottovoce mi parlava della fine del mondo e dei cani e dei gatti che ammattivano per colpa di quei rumori, e dell'ira di Dio, che sorprende gli uomini buoni e cattivi, ricchi e poveri.

Mi liberai e andai un po' su e giù per la stanza pensieroso, cercando in silenzio il coraggio di chiederle quello che non avevo mai chiesto a nessuno. Quando la vidi tapparsi le orecchie per resistere all'esplosione prolungata dell'ultimo tuono, mi avvicinai e quasi sgomento le chiesi: – Mannà, ma questo Dio perché punisce tutti indistintamente? Per caso è cieco?

In quell'istante sentimmo un bussare alla porta come un rimbombo che venisse da lontano, io mi precipitai istintivamente ad aprire, nella speranza che mia nonna non avesse sentito la mia domanda. Come aprii la porta del terrazzo, un rovescio di pioggia calda e sanguigna infradiciò il pavimento e mi inzuppò come un biscotto. Fuori non c'era nessuno. La nonna mi chiuse la porta alle spalle e mi diede una spinta verso la stuoia. – Ma vuoi ammazzarti? Non vedi che ci sono anime dannate in giro, e misero a chi tocca!

Mi spogliò e mi asciugò con un panno ruvido, chiudendo la bocca in una smorfia che cercava parole sorde per trovare una risposta a quanto prima le avevo sollecitato.

Aveva sentito mannai Mintonia, aveva sentito, e con lentezza mi aveva risposto: – Ninè, Dio non è né cieco né sordo! Ciechi e sordi sempre sono gli uomini. Lui i buoni li porta in cielo e i cattivi li sbatte all'inferno, senza guardare se è braghetta o se è fardetta, e senza domandare l'età a nessuno.

Con lo sguardo di chi ha avuto un attimo di smarrimento osai ancora: – Ma allora perché muoiono più facilmente i poveri dei ricchi?

– Ma ses curiosu Ninè! Ricordati che i sani e gli onesti, sono i veri ricchi, e chi è solo ricco è il vero povero.

Mi buttai nella stuoia in attesa che si asciugassero i vestiti e mia nonna si spostò oltre il braciere per accendere una lunga candela benedetta. Che ne sapevo io della fede?

Provai a pregare mettendo insieme pezzi di preghiere che avevo imparato male e per forza, e mi sentii sciocco e puerile, ma quasi vinto da un attacco di pazzia continuai improvvisando e supplicando: – Deus de su chelu, piccaebonde custu ventu e custu temporale, chi sunu achenne petzi male...

Mi alzai e mi sedetti davanti al tavolo rischiarato dalla candela, struggendomi per la fortuna di coloro che trovano la fede da piccoli senza doverla rincorrere claudicanti e incerti tra i cardi e la bardana.

Il temporale cessò di colpo ed io passai lì la notte ascoltando la musica della pendola che sembrava mi volesse dire: – C'è tempo... C'è tempo... C'è tempo Ninè!

Quella stessa notte i figli, i fratelli e i nipoti di Felitzinu Broduava solcarono il fango dell'altipiano di Iscurulè, perché non era tornato a casa, e tutti avevano pensato a una disgrazia. Felitzinu aveva portato con se la figlia Tzellina per mostrarle il vitellino che, rannicchiato su se stesso nel fienile, aspettava il latte della madre.

– Vedrai, sembra un bambino! – le aveva detto, ignorando la voce della moglie che lo implorava: – Felitzì, lascia a casa la bambina che il tempo è brutto!

– Celestì, non preoccuparti, andiamo e torniamo, così porto a casa anche il carro.

A mezzanotte non erano ancora tornati, e a casa di Broduava era tutto un sussurrìo di mali pensieri e un prega-prega in anticipo. Quella sera a casa di Felitzinu non apparecchiarono la tavola e non mangiarono, e la porta centrale si aprì come in un santuario, per ospitare una processione di donne già in lutto.

Il carro di Felitzinu arrivò alla gola di Sas Mérulas

Currudas coi buoi tristi e sudati; il figlio Galistru, in piedi, con una mano stringeva le redini e con l'altra si teneva forte al legno ruvido di una delle sponde. Steso sulle doghe, sopra un letto di selci e coperto con una sacchetta, il corpo carbonizzato e deforme di Broduava si preparava ad affrontare per l'ultima volta la discesa di Durdullei. Il fulmine lo aveva sorpreso sotto un leccio mentre cercava di proteggere la figlia coprendola con la giacca di velluto, e le ultime parole che le disse furono: – Non tìmasa Tzellì, non avere paura che babbo è qui per proteggerti...

Felitzinu, l'uomo più buono e più mite del paese, un pastore vero e un minatore instancabile che ogni domenica s'inginocchiava di fronte all'altare per ringraziare il signore nelle annate buone e in quelle cattive, adesso, rigido come il ferro, aspettava lo stagnino in attesa di quattro uominini che avrebbero mollato lentamente la corda in una fossa scavata sull'arenaria.

Aveva ripreso a piovere, quando io andai a vederlo, e pensai che il diavolo, che aveva già bussato alla porta di nonna Mintonia, questa volta era andato a bussare altrove.

Tzellina se ne stava lì seduta e nessuno le faceva domande, solo la mamma ogni tanto le avvicinava alle labbra polpose un panno bianco imbevuto in aceto. Io la fissavo ansioso di rubarle quel destino truccato, e nel petto sentivo un bisogno forte e confuso della sua presenza.

Fissando il buio, per molte notti inventai parole per quell'amore che aveva all'improvviso cancellato le visioni di mastra Nicchedda e di Lillona la tisica, e mi rivolgevo al nonno che da lassù mi osservava con benevolenza: – Ohi ohi mannoi, troppo dolore porta anche l'amore!

16

Tzellina camminava rasentando i muri e si può dire non avesse ombra per i miei occhi. Quando la incontravo il mio cuore s'increspava come il mantice di un organetto e suonava una musica ossessiva, paralizzante, che mi rendeva bisciolo e ridicolo. Tremavo da capo a piedi, sudavo anche d'inverno, e il suo sguardo desolato mi scuoteva come una libecciata.

Una mattina di luglio la incontrai nel viale irto di larici che costeggiava gli orti e le vigne di Piristile. Avevo appena finito di dissetare i solchi dell'orto di nonna Mintonia e, con in spalla la bisaccia gonfia di pere odorose e in mano un esile fascio di rose nane porporine, tornavo a casa.

Poco mancò che non cadessi nel canale, preso com'ero da un turbamento possente e capriccioso che mi troncava il respiro e mi faceva sbandare. Con il coraggio che dà solo il batticuore, a passi esitanti mi avvicinai e le porsi le rose, prima di farle capire, biascicando parole monche e senza senso, che mi ero innamorato di lei.

Mi guardò con gli occhi di chi sapeva di non essere

più bambina e di non essere ancora una donna, e mi rispose in modo strano e ad alta voce: – Ninè, il diavolo ha bussato nella nostra casa e ancora ci gira intorno. I miei peccati rimarranno per sempre sotto la cenere, come braci mai vive e mai morte, perché, quando verrà il tempo, io andrò a pregare per il resto dei miei giorni nell'eremo di monte Ballarianu. Dimenticami Ninè, dimenticami, che io voglio rimanere pura e sposarmi solo con Dio.

Mi lasciò così e se ne andò come una santa, sospinta da una luce che rimbalzava sul mantello dei suoi capelli corvini. Io trattenni il respiro, e intontito e disperato arrivai sino alla fontanella di Gorovio; buttai con rabbia le pere e la bisaccia dal muraglione, proprio nel piazzale della chiesetta di Santa Barbara, e tornai a casa piangendo come un animale. Aprii il cassetto del comodino di mia madre e presi da un piccolo contenitore di vetro il mio ombelichino secco e schiacciato come una lucertola, i dentini da latte e una ciocca di capelli, li misi in un sacchetto di velluto e lo lanciai con rabbia nel cortile di Tzellina.

Morì così, appena nato, il mio primo amore, e quella sera provai a pizzicarmi le vene dei polsi con le forbici per gustare un po' il sapore della morte. Quella notte il guanciale di crine del letto di mia nonna sapeva del profumo fetido e acre del thothoroiu e un vento caldo tra le finestre aperte trasportava le nenie dei rospi e delle rane. Tzellina, forse per non crescere e non soffrire o forse per soffrire molto e invecchiare in fretta, il giorno delle vergini di un anno che si stendeva supino tra le foglie marce degli altipiani di Iscurulè e Strisiliai, partì per la clausura di monte Ballarianu. La tosarono come una cotogna e la vestirono di scuro prima di sederla sul carro che attraversando le vigne a scacchiera di Su Vudduri, si sarebbe inerpicato per l'impervia e polverosa salita di Sas Thoncas, lasciandosi inghiottire per sempre dalle ombre grasse e deformi dei lecci secolari.

Il fratello più piccolo di Tzellina, che di soprannome faceva Barrardàinu per via delle sue mandibole deformi e prolungate, venne a cercarmi alla bettola di Diegu Meruledda, e mi chiamò in disparte per consegnarmi una busta che le aveva lasciato la sorella prima di partire.

Volteggiando tra i banchetti rotondi di alluminio e gli sgabelli, lasciai senza spiegazioni Zobbi, Lettorina e Chirielle e come un funambolo arrivai nel granaio di nonno Bantine.

Lì, accerchiato da gatti vanitosi che avevano occhi di mille colori, aprii con la scheggia di una canna la busta. Il mio ombelico, insieme ai dentini, era infilato in un filo d'argento, lo stesso filo che avvolgeva la prima ciocca di capelli, quelli che mi aveva tagliato nonna Frantzisca su un seggiolone di sughero e ferula. In fondo alla busta su una striscia ritagliata da un quaderno, Tzellina la monaca, Tzellina l'amore cieco e perduto, Tzellina la scricciola, Tzellina culi bombata, Tzellina e basta, aveva scritto poche parole per cercare a modo suo di darmi la rotta sul mare degli inganni che è l'esistenza.

Su tempus colau est pesante che tronu,
e su chi depet bènnere lepiu che i sa preda,
solu su presente est lepiu che i sa seda
e durche comente su vinu vonu.

Adiosu Ninè, addio da chi ti ha voluto bene e sempre pregherò per te.

Adiosu dae chie di cheret bene
e sèmpere at a precare pro tene.

Tzellina aveva già scoperto la medicina che cura tutti i mali, ed io ero ancora un ragazzo che su una zattera di asfodelo doveva affrontare le rapide della quotidianità, quella che incattivisce e inaridisce. Povera Tzellina, chiusa come una rondine in un nido di fango e mattoni, per lavare con le preghiere il sangue rappreso degli innocenti, osservando da una grata frammenti di arcobaleni fatui e smarriti.

17

A dodici anni cominciai a bere e a fumare senza piacere, convinto di apprendere più in fretta il mestiere di vivere; mi facevo la barba a secco col coltello di mio padre, dopo averlo affilato su una striscia di cuoio, e non la smettevo di pensare a mastra Nicchedda e alla promessa di Lillona la tisica, vinto dalla voglia di invecchiare in fretta che hanno solo gli aspiranti suicidi. Nella mia testa, da molto tempo dormivano voglie e intenzioni che avevo ereditato da chissà chi, e iniziavo a provare disgusto e rabbia per una scuola triste e greve come un campo d'avena sotto la pioggia.

Quando Pappassinu spiegava le sue formule e i suoi teoremi infuriandosi, in classe si levava un ronzio e tutti iniziavano a dormire per scherzo e per davvero, e qualcuno si faceva le seghe sotto il banco sborrando sui fogli della carta assorbente. Io allora salivo sulla mongolfiera dei miei incubi colorata di bianco e di viola, e volavo sulle acque barocche di Fontana di Trevi, e atterravo nella vecchia Praga medievale per respirare quell'atmosfera un po' fiabesca che era mancata alla mia infanzia, e scivolavo sulle morbide acque delle cascate dell'Iguaçu tra Brasile ed Argentina, ed entravo nella città proibita dell'imperatore e correvo sulla grande muraglia, e mi fermavo tra la Grande Sfinge e la piramide di Micerino, spossato da quel viaggiare che aveva come carburante la mia fantasia. I libri che mi piacevano li consumavo come qualcosa di commestibile, con avidità e piacere; i testi scolastici coi loro esercizi inutili e uguali li vedevo come trappole per rimandare all'infinito il gusto del conoscere.

Un'insegnante che era anche una mia lontana parente e quando s'innervosiva rideva senza ragione come una pazza, una sera d'inverno bussò alla porte di casa in modo irato e frenetico. In un angolo del tavolo io arrotolavo su un pezzo di pane crasau degli spaghetti fritti nell'aglio, e pensavo che quella donna collerica e insoddisfatta, fosse venuta per addentarmi i nervi e la carne.

E bonasera Mundì e bonasera Ilà, cenando state? ...E quali nuove Nerì? ...E siedi Nerì che ci fai un po' di compagnia..., la squilibrata si avvicinò a me scagliando imprecazioni e mi lasciò andare uno schiaffo che mi fece sputare pane e sangue.

– Proprio adesso, adesso che ti serve la scuola e la cultura, ti metti a fare il mandronatzu! – Ululava fissando la mia smorfia che si allontanava verso le scale...

– E voi di questo figlio unico cosa volete farne, unu poleddu?

Mio padre mi inseguì per le scale e mi raggiunse nel

granaio, e lì con un nervo mi fece latrare come un cane.

Per punizione passai la notte nella stalla ad ascoltare il canto di un gallo insonne e solitario che annunciava un'alba che non si decideva ad arrivare, e a progettare fughe e vendette. In quei momenti, uccidere qualcuno per scelleratezza avrebbe lasciato in me le tracce che la lumaca nuda lascia sui muri e sulle foglie della canna.

Nonno Vanniccu mi guardava da lassù e Tzellina pregava per me dall'eremo di Monte Ballarianu, ma io in questa vita continuavo a fare capitomboli e a non capire niente di queste persone che avevano sempre ragione solo perché si consideravano grandi, e ostentavano una sicurezza lapposa e indisponente. Nonna Frantzisca, nonno Bantine e nonna Mintonia non si arrabbiavano mai e non perdevano la testa neanche di fronte alla morte che vibra il suo colpo con acrimonia e violenza. Io crescevo svelto e disperato come un malaugurio, e in famiglia si parlava di me come di una pianta che andava raddrizzata, un'iscampavias, unu culu 'e mal'assentu, unu ghettadomos, un'istruidore.

Quell'estate mi mandarono a fare il lavorante con Battore Sinzaenu il taglialegna. Si partiva al buio al mattino, quando i primi gatti impauriti cercavano la strada di casa, e si tornava la sera quando le ombre dei monti calavano su Oropische come pezzi di tendone di un grande sipario.

Una notte d'agosto ignoti forestieri rubarono a Sinzaenu due carichi della legna accatastata e un carro di planche di sughero già imballate, e lui, che non voleva disabituarsi al notturno saliscendi tra le cosce della moglie, Esterina Culitosta, offrì a mio padre un Leoncino di legna spaccata in cambio della guardianìa a quanto era rimasto nello spiazzo recintato della collina di Sa Pira Mala, e da quella notte, con la scusa che mi risparmiavo la fatica dell'andata e del ritorno per la salita di Chirilampua, mi diedero un vecchio fucile a cani esterni e una lampadina e mi lasciarono dormire per quindici giorni tra ombre colme di sgomento e rumori macabri, che pareva nascondessero la malasorte che poteva sbucare da un momento all'altro.

E sbucò la malasorte, una sera che la luna si strusciava dietro una coltre di nuvole scure e aveva le sembianze di quattro uomini in gambali che avanzavano tra i cespugli del cisto verso il cancello del recinto, e quando il primo aprì il cancello, si sentì il ronfare di un camion che si avvicinava a fari spenti.

Il tremolio di quelle ombre che si avvicinavano ondeggiando mi costringeva a non respirare e a tendere il collo, non per paura ma per prudenza, perché la paura l'avevo sepolta insieme a nonno Vanniccu.

Tolsi lentamente la sicura al fucile e infilai la mano nel tascapane che penzolava da un rampone sospeso ad un fil di ferro per riempirmi le tasche di cartucce. Erano fredde e grasse come ghiande mature e davano un brivido di sicurezza e invincibilità. Per non accendere la torcia, aspettai che la luna come una fattucchiera mi mandasse una pioggia di luce per vedere gli occhi e le mani di quei ladroni che adesso si stendevano dietro le balle del sughero. Quello che scese dal camion urtò contro un filo zingato teso tra la casetta e il recinto e cadde all'indietro con un rumore sordo e violento; gli altri lo raccolsero e lo rivoltarono per vedere se perdeva sangue dalla nuca e, quando lo sentirono maledire ad alta voce il nome di Sinzaeunu, lo zittirono con un gesto e a maleparole: – Tappati quella bocca da forno, cozone, e vai ad aprire la sponda del cassone.

Da dietro un cespuglio di lentischio, ora li sentivo caricare in fretta e bestemmiare sottovoce contro quel barlume di luce che diventava lentamente un bagliore sfolgorante, e vedevo s'istriga di nonno Vanniccu tracciare segni circolari tra le sughere spoglie e monche, e l'odore della vita e della morte si confondevano nel berciare angosciante del rospo ululone.

Poggiai il gomito su una cavità di granito e, quando stavo per cedere alla pericolosa tentazione di sparare, riconobbi mio padre che, rumoreggiando con le unghie nel sughero, accatastava le balle nel cassone.

Non era un allucinazione, perché sentii la polpa dei muscoli diventare morbida e collosa e mi prese una tristezza sconosciuta, impastata d'orgoglio e di patimento, che col pensiero mi riportò alla sorgente di Tiricò e alle parole di Gurturgiu, la guardia campestre: – E allora Thithò non cambi mai? Sei nato ladro e vuoi morire ladro?

Guardai un altra volta la luna per cercare il mio pezzo di cielo, e quando il camion già rotolava ronfando per la discesa di Chirilampua, sparai due colpi contro la cuccia del cane, che morendo fece rumore di code sbattute con forza sul terreno.

A Sinzaenu dissi che i ladri erano forestieri, che, dopo avermi legato, erano pronti a farmi fare la fine del cane, se solo avessi fiatato, e quando lui sconsolato mi chiese: – Ma perché non hai sparato mincialone? – con disprezzo e decisione gli risposi: – Perché tu mi paghi male e per lavorare, non per uccidere, testa di billodda secca!

Così dicendo sputai per terra e gli tirai addosso il fucile, prima di lasciare la collina di Sa Pira Mala zigzagando tra i cardi e gli oleastri.

Il castigo di mio padre quella volta non arrivò, si limitò a mandarmi per il resto dell'estate con Tzirìacu Anisetta il tagliapietre, che nelle cave di Su Travu squadrava conci di trachite.

Una sera che tornai stanco e coi piedi sanguinanti e puzzolenti, nonna Mintonia mi invitò a dormire da lei e preparò per cena ravioli di ricotta e di verdure grandi come cuscini e gonfi come donne gravide e li condì con sugo di lepre scuro come il fiele di Boreddu, Boroddu e Buruddone. Mi riempì anche un broccalone del vino aspro e chiaro della vigna, e quella fu la scusa per ricordarmi che il demonio passava anche per la gola, e bene avrei fatto a riempirmi la testa di buone letture, invece di farla rotolare verso l'inferno, ebbra e vuota.

– Ninè, mannai ti vuole bene, non rovinarti con le tue mani! Stai attento, perché il vino è una fune lunga che stringe un tanto al giorno e ha un nodo impossibile da disfare. – Io a piedi scalzi ascoltavo e acconsentivo con cenni della testa: – Eja mannà... Est gasi mannà...

Proprio quando si stava avvicinando l'ora di andare a dormire, mia nonna fingendo un ritorno di memoria avvicinò il palmo della mano destra alla fronte e disse: – Tuo nonno, Ninè, mi ha lasciato un tesoro, e stasera è tempo che io te lo faccia vedere.

Come quando ero bambino, mi prese per mano e mi accompagnò negli abissi di quella soffitta che nascondeva la memoria misteriosa dei nostri antenati, e, facendosi luce con la stearica che scolava dentro un liccheroneddu, arrivò in un angolo nascosto alla vista da spalliere e specchiere decorate e polverose.

Le spostammo insieme verso il lucernario e illuminammo quattro cassettoni di legno scuro che il bisnonno Prededdu Chizilongu aveva scolpito e dipinto con scene della Divina Commedia e della Commedia Umana. Mannai Mintonia, sbuffando come una caffettiera per l'emozione, smollò il fermo quasi arrugginito del primo cassettone, e come incorniciate in una magica tela, vennero fuori le copertine linde e colorate dei narratori francesi e russi, e di tutti quei titoli mi colpì più degli altri e subito, quello di un opera di Balzac La ricerca dell'assoluto.

I limiti del mistero e della follia si incontrarono un'altra volta in quella soffitta, dove la ragione si era appesa ad una trave e si era lasciata ciondolare inerte di fronte ai problemi della vita.

– Ninè, questo è il tesoro di mannoi, che non ha mai fatto niente per soldi e il pane crasau lo ha sempre bagnato col sudore. Ricordati che a bere e a rubare tutti sono buoni, ma la gente perde l'onore, e quello con i soldi non si compra. L'ozio e il vizio portano danni e dolori, mentre lo studio e la lettura aiutano i cristiani a non lasciare in questo mondo solo impronte di molente.

Il tubare delle tortore nel gabbione del terrazzo, quella notte, evocava in me antichi richiami, e aspettai l'alba felice, attirato dal magnetismo delle parole che palpitavano nel cuore profondo di quei cassettoni.

18

Già da piccoli siamo registi e protagonisti inconsapevoli di quel film che è la nostra vita, e i sogni, i sogni sono solo un po' più veri di quei fotogrammi che il tempo inghiottisce e un po' più falsi della realtà, che è misera pellicola, che alla luce sembra quello che non è. Io, quando dormivo, ero rigido come una palancola sopra una voragine, ma le cose e le persone le vedevo e le toccavo, le possedevo e le amavo, le odiavo e le scannavo, e al risveglio inseguivo ancora la scia calda delle emozioni, che erano vissute con una strana malinconia, uno strano piacere, uno strano dolore. I sogni, cazzo santo adorato, sono cosa diversa dal sonno.

A settembre di quell'anno, mannai Frantzisca, mentre tornava per chissà quale esoterico cammino con la córbula gravida di pomodori e di pannocchie dall'orto di Littos, perse in un istante la memoria, e si smarrì tra le sacrali presenze dei boschi dell'altipiano di Iscurulè.

La trovammo dopo due giorni tra le garighe slavate di Punta S'Erulargiu, seduta sotto un misero leccio spogliato dal vento, che pregava in silenzio. Era quasi nuda e aveva le gambe segnate dalle foglie dell'agrifoglio e dai rami del biancospino; nonno Bantine la pulì e la vestì come una santa, ma non riuscì a metterle le scarpe, che quelle le buttava tra i turioni rinsecchiti della ferula, mentre noi aspettavamo sotto il sole che squagliava la resina del ginepro e profumava l'aria di esorcismi. Nonno Bantine pareva chiedere a gesti qualcosa di naturale, ma piangeva forte e sbatteva ogni tanto la testa al leccio, come se cercasse il modo di ammazzarsi di fronte alla nonna, che rimaneva lì, seduta come un fantasma, con le piante delle mani posate sulla porta chiusa delle ginocchia.

Si alzò solo quando un barbagianni, disturbato da tziu Mimminu Ghiacciolu, lasciò, urlando, il fienile di Barore Taschedda e, camminando a passettini come una pernice per non far rumore, andò appresso al nonno, che puntò verso la gola di Sas Mérulas Currudas. Ci passò davanti come una cometa di bosco, e neanche ci guardò, la luce diamantina dei suoi occhi cerulei si era spenta e, adesso andava scalza e claudicante incontro all'eterno silenzio. I fratelli di mia madre, prima indietreggiarono di fronte a quella che pareva un'apparizione, e poi la seguirono in quella precaria processione, che disegnava nella salita di Sas Boddas le linee di destini confusi e sventrati dalla malasorte.

Nella fontana di Sas Castanzas, vestite a lutto, aspettavano mia madre con zia Tinedda, che zia rosaria e zia Agostina non avevano avuto il coraggio di andarle incontro, che l'aspettavano su un carro da buoi, perché credevano che l'anima di Quirinu Chentusegas si fosse incarnata in zampe di muflone e muso di cinghiale e dimorasse ancora nelle acque oleose della palude di Curcullai. E altro che capelli strappati e buttones tagliati, che per loro il demonio era un millepiedi che non moriva mai.

Zia Tinedda, per prima, le corse incontro col fazzolettone nero tra le mani, quasi inciampando nella fardetta scura e pesante, e la strinse a mannai, urlando: – Mama mea, mama mea, cosa ti è successo? – e la toccava per convincersi che fosse viva; e, quando la sentì vuota come il pozzo di Marianzela Pistiori, le accarezzò forte le mani e le chiese: – Oh mà? Mama, non mi stai riconoscendo? Sono Tinedda, tua figlia! Parla mà, parla, per l'amor di Dio!

Nonno Bantine la prese in braccio proprio come in un matrimonio. Guardando in faccia i bambini che ridevano e soffrendo più di quanto possa mai soffrire un uomo, la portò dentro il cortile e la rinfrescò con l'aiuto di mia madre e delle zie. Il campanile batteva nervoso la dodicesima ora e io mi stesi sotto il melograno, per dormire di un sonno stanco e inquieto che portava la visione di mia nonna che cantava ninne nanne e non voleva smettere di parlare.

Da quel giorno, che era anche quello della festa della Madonna del Monte, io andai ad abitare a casa di nonna Frantzisca, per raccontarle storie, in attesa che ritrovasse il dono della parola, e soprattutto per fare in modo che non cercasse l'altra metà della morte, che un buon acconto già l'aveva avuto con quel silenzio e quegli occhi assenti che prima avevano la limpidezza delle acque di Urceni e il celeste del cielo di Oddokàkkaro.

Quando all'alba le prime strisce di luce giallognola tagliarono le imposte, annunciando al giorno le allegrie perdute di quella grande casa, intiepidivo il latte di capra per mia nonna e lo allungavo con un misurino di caffè d'orzo. Più tardi, sfinito da quell'assenza di carne che si era staccata dal mio corpo all'improvviso, consumavo in un pentolino di alluminio il pane crasau inzuppato nel caffellatte e correvo a scuola inseguito dal timore di non rivedere mai più nonna Frantzisca.

Mio padre continuava a fare il carbonaio, il tagliapietre, il boscaiolo, il bovaro, il contadino e, saltuariamente il brigante, ed io continuavo ad avere paura per lui, che sempre di più si meravigliava di quell'unico figlio che, in un cambiar di luna, era diventato triste di dentro e di fuori e passava il suo tempo a leggere e a scrivere. Temevo ancora per la sua vita e di notte sognavo il camion dei minatori, che lo trasportava, sotto il tendone verde e impolverato, sino all'imbocco della galleria di Ispaduleddas, e lì lo scaricava, indeciso e impaurito dal grande buio del ventre della terra che regalava predamodde ai don Ballestreri di Noroddile e alle loro nobili mogli continentali, e morti improvvise, e tumori e invalidità ai minatori che raramente arrivavano a godersi qualche anno di pensione.

E sogna che ti sogno, a metà novembre, quando si licenziò Fabieddu Pippiajolu, che aveva lasciato la gamba destra tra le ruote del carrellino della teleferica, mio padre fu convocato da don Bastiano Ballestreri nella sede della B&B-Talcografiti, per essere avviato al lavoro presso la miniera di Sa Matta.

Quello è stato uno dei giorni più belli della mia vita, perché poteva porre fine alla precarietà di quelle giornate passate ad aspettare un padre che dalla zappa nei campi passava al bicchiere nelle bettole e si dimenticava di avere una moglie e un figlio, e, soprattutto, si dimenticava di avere una vita sua, che forse valeva ancora la pena di vivere.

Lo aspettai sotto il sole novembrino, seduto sull'erba che circondava la fontana di Sa Toccadorgia, dove il camione grigioverde si fermava come una tradòtta per scaricare dai banconi di legno quegli uomini dai volti stanchi e sereni che si portavano il destino dentro la bisaccia.

Ne contai quarantatrè, senza l'autista e i due caporali che viaggiavano in cabina, e lui, proprio lui, non c'era. Pensando mille cose spaiate e crudeli, mi avvicinai preoccupato a mio zio, Zirone Sambeneddu, e gli chiesi: – E babbo, perché non è tornato tziu Zirò?

– Non preoccuparti Ninè, torna più tardi perché è passato a controllare la vigna di Sa Tinzosa.

Senza correre, salii fino alla chiesa di San Paolo e lì mi sedetti a scrutare l'orizzonte, sino a quando il sole non ritrovò tra i monti del Goceano la strada per il tramonto. Un fremito di vento agitava ogni tanto le foglie del corbezzolo e perseguitava la mia memoria già inceppata da cattivi ricordi. Finalmente in lontananza, tra il forno della calcina e il caprifico della sorgente, un'ombra gobbosa prese ad avanzare. Procedeva curvo mio padre, sotto il peso della gioia del nuovo lavoro e perché nella bertula, in due cuneddas di stoffa bianca, aveva infilato sos lados ancora sanguinanti di un cinghiale preso al laccio nel cancellone di legno di Sa Tinzosa.

Mi passò ansimando la bisaccia e mi raccomandò: – Se ti ferma la sbirraglia o la guardia campestre, questa è carne che ti ha dato gente forestiera, che non hai mai visto ne conosciuto! Tira avanti fino a casa e zitto!

Presi per la discesa di San Paolo, proprio quando il labirinto delle viuzze di Oropische si andava illuminando a poco a poco, per perdersi malinconicamente nella collina di Sos Savuccos.

19

E chissà cosa aveva visto o sentito mannai Frantzisca, per perdere in una volta e senza un dubbio la parola e i ricordi. Aveva forse ingurgitato il veleno dei fiori della trigusa che si nasconde tra i giunchetti del fiume Thilicone, o forse aveva incontrato il fantasma di Mariola Bistoccu e l'aveva vista danzare tra i meli e i fichi degli orti di Littos; o forse si era soltanto voltata indietro per un attimo, lanciando occhiate di disprezzo verso il passato, e si era rivista mentre suo padre Crispinu Frissura le strappava i denti da latte cariati, legandoli con un sottile spago alla cricchetta dell'uscio di casa e dicendole: – Cunza Frantzì, cunza sa janna! Chiudi Frantzischè, chiudi la porta! – e in un attimo ha deciso di sconquassare le radici del passato, sbattendo forte la porta della memoria e spuntandosi la lingua con le cesoie del tempo.

O forse aveva semplicemente deciso di fermarsi a riposare per il resto della vita, che nell'aldilà, si sa, continua a tribolare, se non altro per non annoiarsi; e aveva capito che, come gli alberi, possiamo vivere senza parlare e senza pensare.

Quando il cardellino cantava nel pergolato del cortile, per salutare la sua padrona silenziosa che portava in primavera mosche e grano nella casetta di muschio e piume, lei usciva di nascosto nel loggiato e i suoi occhi assenti parevano dire: – Se almeno avessi saputo cantare come te.

La storia di Mariola Bistoccu, nonna Frantzisca me la raccontava tre o quattro volte l'anno, e ogni volta cambiava qualche particolare per adattarla alle esigenze della crescita. L'ultima volta mi raccontò la versione quasi originale e senza censura, perché avevo già i baffi ispidi come gli aculei di un irithu e cambiavo l'acqua alle olive da solo, mattina e sera, pensando a Tittardoro e a Lillona.

Mariola Bistoccu stava male di nervi da quando partorì una figlia malaticcia e deforme, che aveva la testa di capretta e il corpo di maialina. Il marito, Nazariu Tamata, era diventato praticamente vedovo in anticipo e, non sopportando più i tormenti della carne, uscì dal letto una notte, portandosi appresso un sacco di patate dolci e una lastra di pancetta, e s'incamminò a piedi verso il porto di Mojulongu, e da lì prese il traghetto per chissà dove.

Le malelingue di Oropische, provando a indovinare, dicevano che Nazario era alcolizzato e sifilitico, e aveva la semenza guasta. Don Tzelleddu, che era il parabolano del Signore, diceva molto più semplicemente che Mariola era posseduta dal maligno dal giorno in cui aveva aperto la porta di casa a quel frate scalzo ed eretico che s'intendeva di magia bianca e nera e faceva baciare alle devote la statua di San Nicola da Laconi e altro.

Tutti, comunque, anche gli intellettuali del paese, si erano convinti che sotto quella sottana vi fosse stato qualche sortilegio e, così, Mariola si era ridotta a invidiare i condannati al patibolo, quando guardava nella sua camera scura e solitaria il frutto deforme e sorridente del suo amore e piangeva a voce alta, che la sentivano fino al Lavatoio e a Gurusei, quando doveva immergere quella creatura nel catino zingato per toglierle quell'odore selvatico e penetrante.

Un bel giorno, la madre la lasciò sola per andare al mulino, e lei, grugnettando e zampettando, arrivò sino alla specchiera della camera da letto, spinta dalla vanità delle femminucce e, quando si vide così mostruosa e sgraziata, si lasciò cadere dal balcone senza un lamento. La madre la raccolse che ancora respirava e fece in modo che non la vedessero gli operai che stavano ripristinando l'acciottolato. La portò al calar della sera in cimitero e lì scavò una fossa grande, troppo grande per un esserino così minuto, e quando ebbe finito chiese cantando un tremendo favore ai corvetti che dormivano nella torre pisana, e i corvetti l'accontentarono e calarono a stormi frullando le ali su quella terra rossa, e la seppellirono insieme alla figlia, che tutti dopo chiamarono Animedda, perché era nata ed era morta senza sacramenti. E in quello stesso momento, scrissero i giornali: Nazariu Tamata, in una lusina della Morta Mosella, scivolò in una campana di metallo fuso, e la sua anima si perse in mille panelle di ghisa, che viaggiarono per mezza Europa e oltreoceano.

E dinghi dinghi sa viola,
Mariola prima corcavat sola,
como dormit i'sutt' 'e terra in cumpanzia,
tittia, tittia, tittia!

Anche adesso che leggevo Tolstoj, Balzac e Leopardi, le storie di mia nonna le ricordavo dolcemente, quando rannicchiato tra le coperte mi mettevo a pensare.

Una mattina d'inverno, sotto il portalone che chiudeva il cortile, trovai dentro un sacchetto di cuoio appena conciato la punta delle corna di una capretta e la coda rinsecchita di una maialina, e mia nonna, osservandomi dalla finestra, pianse lacrime di ghiaccio che parevano le perle di una collana nuragica. Aveva ragione nonno Bantine quando diceva: – Chie brùllata chin su mortu e chin su santu accàttata petzi dolore e piantu!

20

In una notte trasparente e diacciosa, il vento del nord fece tintinnare le catene che legavano i cani ai rampini dei muri, e le bandelle degli usci e delle imposte cigolarono e si lamentarono come bambini poveri nel giorno di natale.

Le acque del laghetto di Marraganai si pietrificarono dalla paura, e quelle del fiume Thilicone si ritirarono portandosi via i profumi della mentuccia e il verde lucoroso delle tinche; i rami spogli delle sughere di Iscurulè e di Strisiliai sussultarono, e piansero di un dolore quasi fisico.

Nonna Frantzisca, persa nei suoi silenzi siderali, si era alzata e aveva acceso la stearica che stava sul comodino; forse pregava, perché aveva giunto le mani e, ogni tanto, uscendo dal suo spinoso torpore, le avvicinava alla bocca con apprensione.

Quando finalmente la luce dell'aurora tolse il sigillo ai sogni cupi degli abitanti di Oropische, si sentì in lontananza uno sfregare d'ali metalliche, un tatàtattatà che rimbombava nei cortili e faceva vibrare i tavoloni del pavimento.

Aprii la finestra, e vidi una libellula gigante che volava nel costone di Murisina quasi sforbicciando le chiome gonfie degli oleastri e sfidando le gelide carezze del vento: era l'elicottero dei carabinieri, che impauriva la gente con quel suo rumore di ferraglia sospeso nel cielo.

Con lo sguardo rapito, lo inseguii nel suo volteggiare, nel suo sparire e ricomparire all'improvviso come un rapace e, quando passò sopra di noi con la sua pancia lampeggiante, corsi in soffitta a prendere la fionda. Stava volando così basso che, ad allungarci la mano, lo si poteva quasi toccare.

Con l'indice e il pollice, strinsi forte la pietra avvolta nella striscia di cuoio che una volta era stata la lingua di uno scarpone e presi la mira, in attesa di quel tatàtattatà che non si decideva a tornare, e allora pensai che forse bagliore o lettorina, zobbi o troccu, gagliu o s'isturulu, potevano aver avuto la mia stessa idea e aspettai, trattenendo il fiato, il boato di quella bestia che si sarebbe spanciata tra le uova giganti di granito della collina sacra di Oddokàkkaro.

Arrivarono, prima, schioppettate isolate e, poi, raffiche sincopate; e provenivano tutte dal pianoro del campetto di calcio, e forse qualcuno scappava annaspando sull'erba che la notte aveva trasformato in una lastra di ghiaccio, e forse adesso era per terra, a testa nuda, a osservare con gli occhi lividi lo sguardo smarrito della morte.

Prima di uscire, nonno Bantine mi prestò i suoi guanti di pelle e mi ricordò di passare da tzia Dilliriedda la bottegaia, per prendere la conserva, le steariche e le castagne secche. Quando bussai a casa di Troccu, tziu Baddore, nel cortile, già fumava il suo mezzo toscano a foc' a intro, seduto su una sedia sventrata che lo rendeva ancora più maestoso e bonario; e salude tziu Baddò, e salude Ninè.

Aspirava il fumo caldo a bocca chiusa e sbuffava ogni volta che quella carezza tiepida gli gonfiava le guance in un gesto di asmatica locomotiva. Tziu Baddore era un centenario nodoso e sorridente, che scacciava la morte brandendo un ramo di eliche masciu e sputava addosso ai bambini che lo canzonavano perché era troppo vecchio.

– A dolu 'e chie non b'imbètzata! – diceva sempre lui carezzandosi la barba bianca e rasposa.

Troccu aveva saputo dallo zio, il guardiano delle cave di Ispaduleddas, che l'elicottero era atterrato nel campetto di Istibidolo, e i carabinieri stavano inseguendo cinque uomini, che armati e mascherati avevano rapinato la corriera nelle curve di Sa 'e Donnapudia.

Altro che steariche e castagne secche, lasciai il librettino della spesa sulla macchina da cucire della mamma di Troccu e, con lui, prendemmo la salita di Murisina, per vedere quell'animale volante e i banditi, che forse a quell'ora erano già legati dentro una camionetta.

Quando arrivammo, l'elicottero aveva uno sportello

aperto, e due militari accompagnati da cani che abbaiavano nervosamente, spingevano in avanti due uomini infilati dentro dei sacchi, uno di loro zoppicava e aveva i gambali e i cosinzos macchiati di sangue. – Chissà chi sarà quel povero disgraziato! – disse Troccu, strofinandosi il naso adunco su un fazzolettone grinzoso e incrostato. La bestia metallica si sollevò roteando le sue pale come una furriajola, e sparì tra le prime nuvole violacee, che da Noroddile portavano neve e pianto.

Tzia Dilliriedda, fuori dalla porta della bottega, osservava i merli e i passeri che si contendevano per strada manciate di olive secche e, già a distanza, mi chiamò con gesti imperiosi, come quando voleva farmi assaggiare le cose buone appena arrivate, fossero aringhe o fossero datteri. – Ninè! Ninè! Curre Ninè, curre!

Cercando di evitare una sculata nei punti più ghiacciati, accelerammo il passo, e tzia Dilliriedda ci venne incontro con lo scialletto di lana scura e traforata che le avvolgeva le guance bluastre e gli occhi cerchiati di scuro: – Corri a casa Ninè, che avete visite e tua madre è da sola!

I carabinieri avevano già svuotato il granaio e stavano buttando per terra tutta la nostra biancheria; uno di loro, quello che dava gli ordini e aveva una faccia da caino ingallettato, tolse con violenza uno dei cassettoni del comò e, dopo aver rovistato tra piuncos e camicie, lanciò in aria ad uno ad uno tutti i pezzi del costume di nonno Vanniccu, che mia madre conservava tra rami di lauro e sigari toscani. Mi scagliai su di lui per strappargli la berritta dalle mani e, quando altri due militari si avvicinarono per liberarlo dalla morsa che gli stringeva il collo, mi svincolai e urlai indietreggiando verso il cortile: – Figli di bagassa, sottospecie di cani da catena, non rispettate né le donne né i morti!

Insieme a Troccu, che mi aspettava sotto l'arco di tzia Thilichertona, a perdifiato, corremmo verso la vigna di Sa Tinzosa. Nella salita di Su Corroncone, Diegu il capraro ci disse che avevano ferito mio padre in un conflitto a fuoco e che stavano setacciando le case di tutti quelli che frequentavano la sezione, perché nel pullman che andava a Noroddile, viaggiava anche la moglie di Boelle Gianchetta, l'onorevole, e la polizia era convinta di aver sventato un sequestro di persona.

E dinghi dinghi sar violas,
sar dirgrascias non bénini mai solas,
chircan sèmpere sa cumpanzia
de sa giustiscia e de sa zent'irgurria.

21

Mannoi Bantine arrivò alla casa di Sa Tinzosa dopo due giorni, quando i ceppi di lentischio e di corbezzolo non scaldavano già più, perché erano diventati una montagna di cenere terrosa. Era quasi mezzogiorno, ma i primi raggi del sole trovavano a fatica la strada per riscaldare il becco giallo del merlo di monte e la pelliccia folta e soffice della faina.

D'estate la zona di Sa Tinzosa, vista dalla punta di Su Corroncone, aveva il colore del cioccolato fuso, e ubriacava coi profumi del cisto e dell'aglio selvatico; d'inverno invece diventava una tavolozza con tutte le impensabili varianti del verde, qua e là spruzzata dal bianco candido del fiore di Santa Chiara e dall'oro della gagea.

Il nonno legò l'asina al tronco gigante dell'albatro, che esibiva i suoi frutti rossi e carnosi, e ci venne incontro con la bisaccia a tracolla; indossava uno strano contegno e non parlò subito. Prima stappò la fiasca dell'acquavite e, a gesti, ci invitò a gustarla con moderazione per riscaldarci. Si allontanò per un po', e tornò con una fascina di sarmenti che collocò nel caminetto dopo averlo ripulito dalla cenere. Poi all'improvviso, come preso da un brivido di collera, guardandomi negli occhi in modo confuso, balbettò: – Queste cose non si fanno Ninè! Vuoi che tua madre muoia prima del tempo per i dispiaceri? Ma sei davvero così minciale da non capire che se tu non fossi stato un giovanetto, i carabinieri ti avrebbero conciato peggio di tuo padre! E rajos e tronos, non ci vuole mica la laurea!

Troccu diede fuoco ai sarmenti e infilò alcuni tocchi di salsiccia nello spiedo di legno, poi prese a bagnare foglio per foglio il pane crasau con poca acqua, che scolava con cura. Troccu aveva due anni più di me ed era un amico vero, di quelli che sanno ascoltare e dimenticare, di quelli che per amicizia uccidono e sono disposti a morire.

Di fronte al fuoco crepitante, il nonno tornò ad essere l'uomo mite e bonario di sempre e mi invitò a stare attento, perché i carabinieri non avrebbero dimenticato quelle parole pronunciate in un momento di odio e disperazione. Mi disse che mio padre era piantonato in ospedale, perché aveva una profonda ferita alla coscia e un proiettile incastrato nella scapola, ed era accusato, insieme ad altre quattro persone, di rapina e tentato sequestro di persona.

Quel giorno le salsicce avvolte nel pane guttiau, avevano il sapore amaro della beffa e del vuoto e, quando, all'imbrunire tziu Zirone, Manilestru e Margiane mi accompagnarono in caserma per l'interrogatorio, e nelle scale incontrai don Burranca, capii che qualcuno con inchiostro indelebile aveva già scritto il mio nome nel libro nero della malagiustizia.

All'uscita, mio zio e i suoi amici se ne andarono per conto loro, dopo avermi raccomandato di tenere gli occhi aperti e tornare subito a casa, perché mi aspettavano mia madre e i nonni. Io, per un po' inseguii la luna che correva nel suo letto di nuvole, e poi, con il cuore rigonfio di emozioni che non si lasciavano smaltire, arrivai, fischiettando per farmi sentire, di fronte alla bicocca di Lillona la tisica.

Le luci erano spente ma si avvertiva la sua presenza, e in qualche angolo remoto della casa i suoi occhi di gatta mi osservavano brillando tra le tenebre.

Seguendo l'ombra dei muri, avevo appena accelerato il passo, quando mi sentii chiamare da una voce sibilante e calda: – Ninè, entra che ho qualcosa da dirti. – Tenendo la porta socchiusa ripetè l'invito, aggiungendo: – Ajò, sbrigati, prima che ti veda qualcuno!

Trascinato da gorgoglii misteriosi che facevano spumeggiare il sangue e lo trasportavano con forza impetuosa di ciclone in quelle parti dove il prurito dava emozioni rare e vagabonde, mi ritrovai nello stanzone del piano terra, circondato e scrutato dai volti di ceramica delle bambole che riflettevano l'esile fiamma di un tronco di leccio che si consumava dentro il piccolo caminetto. Tutti i miei pensieri iniziavano lì e finivano lì, in quel tubo che s'induriva e si gonfiava imprigionando quella grossa castagna di carne che voleva volare come il tappo di un fuciletto di quelli che si compravano nelle bancarelle dei giocattoli il giorno della festa del patrono.

Lillona domandò notizie di mio padre.

E come sta, e come non sta, dove lo hanno ferito, e dove non lo hanno ferito... ed è vero che sei scappato dopo aver picchiato un carabiniere?

Mentre ascoltavo, qualcosa di caldo cominciava a colare, e per fortuna che la luce era povera e smunta, e non si vedeva quel pennone, che pareva un palo del Circo Zampetta, che da qualche parte doveva conficcarsi per il primo spettacolo con una donna vera, maestra nell'arte dello sverginare gli adolescenti e in quella di indurire le piccole e consumate proboscidi dei pensionati. E forse Lillona, quella sera, aveva deciso di pagare il debito delle tre fascine di corbezzoli a quel ragazzo che volava nel limbo della terra dei rondoni, e voleva portarlo in paradiso tra le sue cosce e farlo volare tra quei seni, che molti ingrati in pubblico definivano su puthu chene unnu e sas tamatas crudas.

Mi fece sedere sul canapè, Lillona, e portò su un vassoio luminoso una bottiglietta di rosolio con due minuscoli calici e una catasta di biscotti decorati. (Quella sembrava proprio roba di don Tzelleddu, che forse così si pagava la specializzazione in connonzologia, come diceva per scherzo tziu Lettorina) e versò da bere al buio.

Quando sollevò il calice mi disse: – Tantos augurios Ninè!

Più agitato di un lenzuolo al vento, chiesi il perché di quegli auguri.

– Perché oggi conoscerai la Madonna dei Sette Miracoli!

Così dicendo, allungò la mano sul cratere del mio vulcano ambulante, che gli esplose tra le mani col suo liquido caldo ed acquoso.

– Datti una calmata Ninè, non farti venire il pisciacorrendo, che tanto ti faccio restare con me tutta la notte e avrai il tempo di saziarti di tutto.

Scoprii così, che quando mannoi Vanniccu mi diceva: – Ti sazierai più d'isperrache che di salsicce! – diceva una bugia e una verità, perché, quando la mia trota prese a guizzare tra le gambe per arrivare finalmente alla conca pelosa e profonda, immaginai che si sarebbe potuta nutrire per sempre di quel nettare oleoso e musicale che nascondeva e rivelava in uno spasmo la magia inspiegabile della vita e dell'amore. Troppo breve fu quella notte per chi voleva ancora perdersi tra i meandri mielosi di quella madonna che con la lingua e con i fianchi squassava come un terremoto l'esile filo della forzata castità.

E dilin dilon dilin dilodda,
s'ómine chi non balet non bi còddata,
s'ómine malu coddat chin su dinare
e su vonu chene pacare!

Da quel giorno, Lillona diventò per me la Madonna dei Sette Miracoli.

22

A Oropische, ultimo paese barbaricino prima del sacro confine tra il cielo e la terra, gli accadimenti si succedevano quasi per caso e se il padreterno decideva di aprire il recinto delle capre per sacrificarne una, lo faceva come se stesse giocando a mosca cieca, a chi tocca tocca. O forse faceva il furbo, che lui se lo può permettere, e ogni tanto apriva gli occhi e sceglieva i dubbiosi e i troppo buoni, che un po' di male, cazzo, ci voleva per far girare la ruota della cristianità, e allora... dagli con quelle scosse che spaccano il cervello, con quelle vampate che svuotano le viscere, con quei sortilegi che danno le convulsioni per tutta la vita. E di sicuro non aveva in simpatia i Nirthoni ed i Cambellus, che li faceva saltare come cavallette da una disgrazia all'altra. Oropische, paese insonne e senza tempo, dove i destini s'incrociano sotto i raggi del sole e bruciano nell'aria stagnante che odora di zolfo e d'incenso.

Quando mio padre finì in galera, orfano di quel lavoro trovato per fortuna come un chiodo arrugginito in un rigagnolo dopo la pioggia, mia madre era già incinta di quattro mesi, gonfia del frutto raccolto nella casa del fiume a novembre, o del suo giacere supina e distratta nel letto di crine aspettando una vita migliore, che di sicuro il buio della galleria non poteva portare.

Oropische, Oropische, paese insonne e senza tempo, dove il caliche 'e muru e il pistiori non curano le insidie degli anni, e i cani rognosi mangiano il muschio morbido e dolce dei presepi e lo vomitano negli altari.

Durante la gravidanza, mia madre perse con il disincanto di una zingara tutti i denti e masticò in continuazione caffè in grani, tostato in un atturradore che pareva la spada di Don Chisciotte, per aggiungere amaro all'amaro; e succhiò bacche di mirto passito, per vincere quel sapore di fiele che dalla pancia le saliva in gola e la costringeva a restituire su un panno filamenti liquidi e verdastri.

– Ninè, dammi una manciata di bacche di mirto, che ho la bocca asciutta e i piedi freddi Ninè, toglimi questo dente con lo spago, che altrimenti lo inghiottisco…

Mio padre fu condannato a cinque anni e sette mesi, e durante il processo non ci guardava mai, forse per non commuoversi pensando a quella creatura che di sicuro gli faceva gocciolare il cuore come una piaga purulenta. Quando lo interrogarono, disse solo che stava andando a piedi al lavoro, per dare il mangiare alle bestie di zio Bannànghelu, che era a letto e arrotava i denti per la febbre, perché una zecca gli aveva gonfiato l'ombelico come una vescica, come una seconda pancia. E disse che i carabinieri lo stavano aspettando dietro i muretti a secco che orlavano la salita di Su Corroncone, e che iniziarono a sparare senza un bi e senza un bo, che quelli erano amici di Su Gurturgiu, e se lo avrebbero giocato come un agnellone, se non fosse passato lì per caso o per fortuna, il figlio grande della buonanima di Felitzinu Broduava, che avevano insacchettato anche lui e poi avevano inventato tutto per coprire la guardia campestre, che era amica del maresciallo e da quel giorno di sicuro avrebbe mangiato merda per tutta la vita, perché i Nirthoni erano gente che non dimenticava.

Mio padre, in carcere, lo vidi per la prima volta il giorno di Pasqua. Stava dietro un bancone e nascondeva occhi che erano otri di animali appena scuoiati, fiumi di lacrime di sangue, ed era così povero e così ricco, nella vergogna forzata di aver perso il lavoro e di non poter vedere da vicino lievitare la pancia di mia madre col suo seme, che avrebbe ucciso Su Gurturgiu col pensiero.

– Studia figlio caro, mi raccomando, aiuta la mamma e la nonna, e mettiti due stecchini per tenere gli occhi sempre aperti. Attento che i carabinieri sono razza perfida... non bere... non fumare. Mi' che adesso sei tu l'uomo di casa. La guardia campestre lasciala perdere, che il papai glielo preparerò io appena esco.

Così passò il tempo, con mia madre che mostrava la sua pancia deforme per indicare la testa del nascituro che si spostava e mio padre che ci abbracciava con lo sguardo.

Prima di andare via aprimmo la valigetta con la biancheria pulita. Lo scatolone con il formaggio, il pane crasau, la ricotta salata e la pancetta, lo lasciammo nel gabbiotto delle guardie, che ci guardavano con disprezzo e si perdevano in discorsi inutili, intrisi di arroganza e d'ignoranza.

Una di loro era di Oropische, un senza carattere che da piccolo inseguiva la madre con la scure per farsi dare i risparmi, e che adesso con quello straccio di divisa si sentiva il padreterno. – Questo non si può lasciare, e questo nemmeno. Quella è proibita dal regolamento. Ma insomma, cosa credete che la galera è un albergo? Lasciate solo il pane e il resto riportatelo a casa.

Fuori c'era un sole che spaccava le pietre. Prima di arrivare alla stazione dei pullman incrociammo la processione coi corfari che reggevano un cristo ligneo triste e consumato. Rifiutai da mia madre una caramella alla menta, perché già masticavo come biglie d'arsenico la Pasqua più rancida e triste della mia vita.

I giorni rotolavano come un disco di pietra verso quel quattro agosto, quando trovai mia madre stesa nel cortile, tra il pozzo e il melograno, che si teneva la pancia e piangendo urlava: – Ninè, vai a chiamare il dottore che mamma sta morendo.

Arrivò, su dottoreddu, e mia madre, che era già stesa nella stuoia al piano terra che continuava a lamentarsi. – Dottò, faccia qualcosa... faccia qualcosa che mi sento il fuoco dentro e il gelo fuori.

Il dottore se ne stava lì senza sapere che cosa fare, perché quella creatura era grossa e indecisa come un vitello e non trovava la strada per la vita.

Per fortuna nonno Bantine andò subito con l'asina a prendere l'ostetrica dalle case sparse di Loroddai, che appena arrivò iniziò a farle massaggi e a cantarle filastrocche a bassa voce. Dopo averla calmata, le preparò un infuso di cuccumeddu di feruledda a scopo propiziatorio. Un paio d'ore più tardi uscì come un piccolo monaco splendente, quella creatura stanca di custodire lo spazio sacro del grembo materno; e neanche pianse, tanto era grasso e provato da quel viaggio all'incontrario, dove si annaspa per nascere e non per morire.

Pesava sei chili e cento grammi nella stajera di nonna Mintonia, e aveva l'aria di un esserino discreto e ansioso che, se avesse avuto il dono della parola, avrebbe chiesto: – Che ore sono?

Durante quel riposo forzato, mia madre tornò ad assaporare il gusto che dà la maternità quando si stringe al petto, tra un avemaria e una folata di vento, un innocente che palpita come la molla segreta della paura, e dimenticò, senza dimenticare, Mundicu, che in solitudine univa le labbra in un bacio che volava oltre le sbarre e spettinava i capelli chiari, setosi e morbidi di Ulisse Nirthoni, che così lo aveva voluto chiamare mamma Ilaria, Penelope barbaricina in attesa del suo centomestieri incantatore che attraverserà incolume le insidie della morte e degli inganni.

E la morte tornò a saltellare, per scherzo e per davvero, senza la firma del padreterno, tra i cucuzzoli della montagnola di Sa 'e su Prade Iscurthu, un mattino che la campagna era ancora tranquilla e la monteddada sostava immobile su un ramo spoglio di perastro mandorlino, in attesa della preda.

Arrivò, la preda, e aveva il muso largo e umido di Su Gurturgiu che, avanzando con le sue orecchie di pipistrello, avvolto nella divisa nera di ruffiano, sentì una voce che lo chiamava, e girò come una trottola su se stesso, in cerca di un posto morbido dove cadere, Gurtù... Gurtù... Gurtù... e quando gli sembrò di averlo trovato nel manto di un macchione di cardo asinino, si lasciò andare inseguito dalle ultime risucchianti parole che viaggiavano su ali di piombo rovente, e duuum e duuum e duuum. – Questo regalo è da parte di Mundicu!

E cantat su pisinache
e cantat sa monteddada,
sa vida de unu rimitanu est agabbada.

E canta lo scricciolo e canta l'averla, la vita di un ruffiano finisce in burla.

23

Ci fu un tempo in cui i minatori di Oropische morivano come locuste sotto il DDT e, inghiottiti dagli uteri scuri e umidi delle gallerie, rispuntavano saltellanti nei prati di saponaria e di cicerchia con le loro antenne filiformi e gli occhi enormi e spaventati, incassettati in teste pigmentose e deformi. Pregavano le mogli, i figli e le sorelle, in mezzo alla campagna e accendevano fasci d'erba secca e ceri, per fermare quella disgrazia che viaggiava con cavalli alati e spargeva amianto, asbesto e altri anfiboli maledetti dal suo turibolo d'argento.

Don Ballestreri, seduto all'ombra del suo meleto, dalla collina di Maria Civargiu osservava la polvere del mulino salire verso le montagne di Uselligis, e pensava che fosse la cenere dei suoi minatori che volava in paradiso, se mai ci fossero andati, quei suoi animali scavatori che bevevano troppo e in sezione parlavano di scioperi e di tirannia che a lui niente sfuggiva, che aveva un esercito di ruffiani pagati fuori busta.

Spense la pipa irritato e, ancora sbuffando fumo, andò incontro ai due rappresentanti della commissione

Operaia, che avevano varcato il cancello scortati da due sgherri armati. – E allora? Che cosa sono queste voci che si sentono in giro? Cos'è questo scompiglio? Isciopero? Qui c'è qualcuno che vi sta riempendo la testa di vento con la politica e, se continua così, sciopero io, chiudo tutto e me ne vado! Che mincia di mulo c'entrano questi morti con il lavoro, ah? Il lavoro in miniera è vita, non morte! Volete per caso tornare a fare i mezzadri o i servi pastori? Contenti voi, contenti tutti.

Tziu Zirone Sambeneddu, con Nardino Minciaecane, senza sedersi lo ascoltavano e lo guardavano con rabbia spessa come il cuoio e, alla fine, Sambeneddu allungò il braccio e aprì il palmo della mano, come a dire: calma, calma don Ballestreri, che queste son parole di comodo e le abbiamo già sentite mille volte, e somigliano a quelle che ci scrive nel bigliettino degli auguri di Natale, quando ci regala lo spumante e il panettone. E quando un volo di colombacci solcò il cielo col suo frù frù frù improvviso e minaccioso, iniziò a parlare: – Don Ballestrè, se vostè permette, qui sono morte venti persone in otto mesi, senza sapere né perché né come.

Don Ballestreri lo interruppe bacchettando più volte sul tavolo di pietra un baccaleddu decorato: – Ma che senza perché né per come. Ma cosa stai dicendo, quelle maleanime fumavano come disperati e bevevano come dannati. Per colpa dei vizi sono morti. Per il troppo star bene, che il lavoro non ha mai ucciso nessuno!

A quel punto Minciaecane si fece avanti di due passi

e gli puntò l'indice sul cavallo degli occhialini d'oro che svettavano su un naso che pareva una melanzana rinsecchita: – Prendila calma Ballestrè, prendila calma e abbassa un po' la voce, che son finiti i tempi del bastone e del panettone. Tu ci hai sempre succhiato il sangue e l'anima per quattro soldi e ti sei fatto ricco senza spendere cento lire per migliorare la vita in galleria o per la salute degli operai. Attento Ballestrè, attento, perché se non cambi registro è sciopero, sciopero a oltranza!

Le guardie accarezzavano dolcemente le sicure e guardavano il loro padrone in attesa di ordini, come i cani tignosi che aspettano per mordere l'invito: tè, tè, tvuèèè, tvuèèè, rigamiluvììììììì! Don Ballestreri, che era uomo di mondo e conosceva il piacere dell'accumulare, cambiò espressione e si fece più mansueto e convincente: – Beh, purché la finiate con questa sommossa, sono disposto a dare diecimila lire fuori busta a tutti, prendere o lasciare!

Quest'ultima frase la pronuciò molto vicina alle nari di Nardino, che la sera, quando prese la parola all'assemblea degli operai per dichiarare lo sciopero generale, disse ai presenti: – L'alito del nostro padrone ha odore di merda distillata, i nostri morti odorano di legno, di sudore, di menta e di tabacco forte.

E sciopero fu, e per molti mesi, poi la morìa si fermò, e ricominciò tutto da capo: le salme si riesumarono e i tumori ai polmoni e alla vescica furono nascosti tra pile di domande per la pensione di reversibilità. Da quell'anno, comunque, i minatori vennero portati alla visita in sanatorio: e una cassetta di pronto soccorso venne installata all'imbocco di ogni galleria.

Lo sciopero si concluse una sera che arrivò in sezione il segretario regionale del partito, che, battendosi il petto e zirlando come un tordo, fece un comizio tirando ogni tanto fuori un fazzolettone, per tergersi il sudore e la bava bianchiccia e caseificata. Apologia del lavoro ci sembrò, finalizzata a far tornare le cose come prima, per questo io Zobbi, Lettorina, Troccu, Bagliore, Bruscione e Candelathu, iniziammo a fischiare e a chiamarlo sporco parolaio, e quando da sopra i banchetti delle ultime file presi la parola per dire che quello era un modo di vendere l'anima dei defunti e la dignità dei vivi, mi invitò, da furbo animale da palchetto improvvisato, ad andare vicino a lui per spiegarmi meglio.

E ci andai, con l'incoscienza e l'impudenza coraggiosa che dà l'adolescenza, per ricordare a tutti che bisognava chiedere una commissione di controllo permanente sulle condizioni di salute degli operai e l'ambiente in cui operavano i minatori, che stabilisse e accertasse le cause tra le morti recenti e facesse anche i conti in tasca a don Ballestreri, che si portava via il talco senza un bi e senza un bo e lo faceva lavorare in Continente, senza creare altri posti di lavoro. Che le ruspe adesso sostituivano i cristiani col loro bruuun brun e da cinque anni non si assumeva più un cane.

Il segretario Berilletti per un po' rimase accucciato, e poi si riprese la parola per dire che ero un rivoluzionario in cerca di facili e rovinose palingenesi, che gli obiettivi si raggiungevano per gradi e le lotte andavano scaglionate e ragionate, e io replicai che così dove cazzo si va: da nessuna parte, perché sono cinquant'anni che si fanno questi discorsi, e qui il padrone è sempre padrone e l'operaio è sempre il cane. E allora, rivolgendosi al gruppo che gli aveva creato quell'atmosfera ostile che incarnava il malessere di tutti, disse che eravamo dei banditi, dei delinquenti, dei rivoluzionari pericolosi per il movimento operaio; e chissà come lo pensava lui, questo movimento operaio, come un eterna transumanza di pecore che ogni tanto si fermano a bere, cagare, morire.

E no cazzo! Che questa è demagogia, e non potete più fotterci con le belle parole imparate nella scuola di partito, come avete fatto coi nostri nonni e bisnonni, e no cazzo! Che qui ci vuole altro, che sollevare la testa ogni tanto per fare bee bee non basta più.

L'indomani me ne andai a pescare a mani nude tra le rocce del laghetto di Marraganai, che aveva il fondo verde di calcare impastato di foglie di rovo marcio, e lo specchio della superficie tremolava sotto il brivido dei cerchi concentrici che lasciavano gli scorpioni d'acqua e le corisse. Quando il cielo s'increspò, disegnando in trasparenza onde scure che mi ricordavano i capelli di Tzellina, tolsi dalla taschedda la pistola che era stata di nonno Vanniccu e sparai per la prima volta cinque colpi contro le nuvole.

24

Gli operai tornarono a sfilare negli imbocchi delle gallerie, a testa bassa, malinconici e pallidi come la luce diafana delle candele a carburo che, tremolando, indicavano la via di quel santuario dove Santa Barbara era scolpita nella roccia e pisciava acqua bollente.

Fuori il giorno era appena iniziato, ma per loro la notte era più lunga e durava sino al magico momento in cui iniziavano a raccontarsi le storie, con le bértule in cerchio e le brocche al centro.

Quel consumare il pasto lentamente, reinventando storie sentite alla radio o ripescando momenti di mietitura e trebbiatura di annate buone o cattive, era una danza contro il genocidio della memoria, era il modo di mettere alla prova la somma delle loro esperienze. E di giorno in giorno, come in una gara di poesia estemporanea, per caso e per davvero, si sceglieva il tema e lo si rivoltava come un pastrano, lo si sventolava in alto come una bandiera, lo si schiacciava spegnendolo come la cicca di una sigaretta di trinciato forte. Pozzi di ricordi, narratori ambulanti che al buio infilavano le perle di una memoria che si stava perdendo nel nulla.

L'amore e l'ambizione entravano in quei cunicoli e si perdevano dove già si erano smarrite la felicità e la violenza, il libero arbitrio e l'amicizia, il tradimento e il vizio. Parlavano una lingua misteriosa e sconosciuta, che serviva a prolungare le emozioni e a farli sentire vivi, perché tutti dentro l'anima si sentivano un po' morti da quando lo sciopero era finito ed era arrivato il premio di produzione, che condannava ad altro buio, ad altro sudore. Le raccontavano per viverle le storie, perché il tempo li beccava in fronte con la velocità di una toccadorgia, e quelle poche ore di luce vespertina che avevano a disposizione non si lasciavano fecondare, ma saltellavano, incrociando i destini degli uomini con quelli delle bestie e riportando tutto al punto di partenza.

Era un rito, quello delle storie raccontate all'imbocco della galleria, che dava la certezza dell'esistere e faceva risplendere frammenti di vita snervata dalla quotidianità, e pareva non dovesse finire mai quel: sentito l'hai... è morto il tale... ha partorito la moglie di... il vino è uscito un po' asprigno... hanno trovato la tale che pompava di nascosto con... se non piove, sono guai... se non mi restituiscono i maiali, ne scanno..., che invece finì il giorno che don Ballestreri comprò gli scavatori e le ruspe, le nuove macchine per minare e i compressori, che col loro trrruuu trrruuu trrruuu, facevano sentire il rimbombo da Ispaduleddas a Sa Matta, da Marraganai alla gola di Sas Mérulas Currudas.

Quell'anno io iniziai a frequentare il ginnasio di Noroddile, e scoprii in fretta che in città il peccato non si sdraia mai per terra, ma rimane sempre sveglio, in attesa che nel corridoio degli inganni entri qualche sprovveduto bizzarro e incosciente.

Al bar della stazione lavorava una ragazza matura e bislacca che aveva un petto abbondante e sussultante, e scollature che lasciavano vedere il cuore ed altro. Io scendevo dal pullman ancora mezzo addormentato e infreddolito, e mi sedevo lì dentro al calduccio, a guardarla mentre preparava capuccini e caffè. La spogliavo e la rivestivo in un'orgia che rimase solo mia, finché un giorno non andai all'ufficio del registro per ritirare un documento di zia Andriana, e nel bel mezzo di una fila che non finiva mai, lei mi si parò davanti con quel culo che diceva: avvicinati, avvicinati e assaggiami; e quegli occhi verdi e insinuanti che ti bagnavano le mutande come la pioggerellina di marzo e ti sussurravano alle orecchie cose che nessun'altro sentiva.

Feci il viaggio del ritorno con i libri appoggiati alla braghetta per nascondere le macchie dell'impazienza, che hanno solo i discreti; e da allora, dietro un garage, tra montagne di pezzi di ricambio e fusti d'olio, durante l'ora di pranzo, imparai a usare al meglio, tra le tette di Pulcheria Cadenaccia, quella testa disubbidiente e capricciosa che libera dal prurito e dai foruncoli e porta in pagella voti magri come i fringuelli d'inverno.

In quei mesi, che tolsi per sempre allo studio, mi sentivo come un venditore di córbulas e tazeris, e andavo in giro cantando la gioia della mia prima vera passione; e se qualcuno si annoiava con tutte quelle variazioni sul tema, per gioco o per davvero, tiravo fuori la pistola e lo lasciavo lì, bagnato del sudore diabolico della meraviglia che dà la paura imprevista.

Quando mia madre e i nonni scoprirono che ero sempre in giro per bettole e casini, con la misericordia proverbiale degli anziani mi ricordarono che stavo prendendo a calci la fortuna, che stavo sputando addosso alla cultura che mi offriva la possibilità di lasciare quella terrazza di mosche dove coltivavo rivoluzioni a metà e attese già sapute infinite. Mi invitarono a cavalcare la possibilità di non finire tra gli ingranaggi lamentosi che stritolano i beoni, la possibilità di non finire sanguinante e disteso sul braciere dei sogni.

Quando arrivò la lettera di mio padre, che in carcere tutto sapeva del mio rotolarmi sull'erba dei giorni che se ne andavano senza costrutto, mi chiusi in casa e rimasi a letto per tre giorni, senza bere e senza mangiare, e mi convinsi che stavo imparando a nuotare in un lavamano, che non potevo perdere tempo a rincorrere uno straccio di diploma che dritto dritto mi avrebbe portato all'ufficio di collocamento, sportello disoccupati, col cartellino rosa da timbrare come un'elemosina. No, no, e no, nessuno mi costringerà a fare quello che non voglio, continuerò a mettere merda di vacca nelle tasche di quelle insegnanti che si portano il deodorante in tasca, perché dicono che ci cambiamo le mutande ogni quindici giorni e ci puliamo il culo con le pietre e con l'asfodelo. Laddarones ci chiamano, queste troie. Per questo ed altro, continuerò a sputare in faccia quei professorini che pensano che noi dei paesi siamo tutti tarati e delinquenti. Ma cosa si credono questi di Noroddile perché hanno il cesso e l'ospedale.

Anche Zobbi, Bagliore, Lettorina, Troccu, Bruscione e Candelathu la pensavano così, per questo avevano abbandonato la scuola e vivevano alla giornata, trascorrendo il tempo nel muretto di Sa 'e Ballitza, centellinando le ore che sonnolente e tediose si appiccicavano alle nostre esistenze come gocce di stalattiti, come miele sporco.

Quando mi alzai, aprii la finestra su un tramonto giallastro che giocava con gomitoli di nuvole tondeggianti e sfilacciate, e vidi mia madre che tornava dalla fontana del lavatoio con la brocca dell'acqua che dondolava sul cercine scuro. La aspettai in cucina per darle un dolore che in un attimo le tolse dieci anni di vita: – Ho deciso di abbandonare la scuola mà. Non ne posso più di certe umiliazioni, mi trovo un lavoro e chiudo con questo vai-e-torna senza costrutto.

Da sempre mia madre aveva forse capito, nella sua rassegnazione, che nella vita di ognuno c'è un momento in cui le carte si scompigliano, e tutto inizia a girare al rovescio, come nella ruota della fortuna di Borànzelu, fatta di chiodi e di una tavoletta di legno con la punta di gomma; come nel barattolo arrugginito di Cillonca, dove roteava un dado truccato: – Ajò a su bottixeddu, a su bottixeddu, dexi vrancos, dexi vrancos, caccia sos dexi vrancos, pippiu!

Pianse, mia madre, lei che non aveva mai visto il mare e dava molta importanza a ciò che le accadeva in sogno. Calcandosi il fazzoletto da lutto sui capelli e prendendo un coltellaccio dal cassettone, mi disse: – Figlio mio, caro quanto l'occhio, non darmi questo dispiacere, meglio prendi questo coltello e uccidimi subito, che soffro di meno, e sangue, tanto, non me ne esce! Tuo padre è in galera e hai un fratellino piccolo a cui dare l'esempio. Senza la scuola tu farai una mala fine!

Convinto delle mie ragioni, quelle che si possono avere a quell'età, uscii per strada di corsa. La voce di mia madre m'inseguiva, per frugarmi dentro i cespugli dell'anima e rimproverarmi benevolmente. – Meschinetto, meschinetto, meschinetto, – ripeteva cantilenando.

Nel muretto di Sa 'e Ballitza, quella sera, parlammo di don Ballestreri e facemmo i conti a memoria di quanto ci sarebbe toccato a testa, se avesse dovuto pagare per tutto quello che doveva a noi e ai nostri parenti vivi o defunti. Candelathu mise su una strana faccia, come per dire: – Ma... loro sono stati maltrattati dai Ballestreri, e loro si dovrebbero ribellare. Noi cosa c'entriamo? Ci vogliamo mettere a fare gli eroi?

– E noi cosa siamo: bastardi?

Lo fulminai con la risposta, e per tutta la notte se ne

rimase in disparte, come se stesse ascoltando voci che noi non sentivamo.

Facemmo un po' di conti. Ad occhio di povero, che vede il benessere sempre deformato dalle lenti pesanti dell'astinenza, don Ballestreri, tra licenze di sfruttamento minerario, bestiame, tenute, frutteti e liquido, valeva almeno qualche miliardo alla fiera dei sequestrabili.

Quando tornai a casa, Ulisse era ancora sveglio e giocava con una madonnina fosforescente dietro la rete della culla, canticchiando a singhiozzo: – Malu Nineddu, malu Nineddu, mama pianghende, malu Nineddu... – Quando non ne potei più, gli lanciai al buio uno sguardo indignato, e gli intimai: – Mudu, mudu sìasa! Làssami sa conca in pache o di nne vórtulo dae su brossolu che una ballarodda! Mudu sìasa, mudu! Stai zitto e lasciami la testa in pace, che altrimenti ti metto a rotolare per le scale insieme alla culla! – Si zittì e pianse in silenzio sulle incrostazioni ulcerose della nostra infanzia di barbaricini, che lascia i suoi segni indelebili sino al cadere della vecchiaia.

25

Per la festa di Santa Barbara don Tzelleddu organizzò la messa nel campo davanti alla strada che tagliava in due la stula dell'altipiano di Ispaduleddas.

Dove prima sudavano i buoi, trascinando conci squadrati di granito sui manneli di grano ispidi e croccanti, ora, montagne di talco che avevano i colori dei fondali marini di Orrì, si spanciavano al sole in attesa dei camion con rimorchio che rombando per la discesa di Dore Vonu saettavano verso la stazione ferroviaria di Bitili Mannu.

Per la prima volta arrivò in paese anche il vescovo, don Bernardino Mallus, che portava all'anulare un enorme anello d'oro rosso con l'immagine della Vergine di Gonare incisa sul corallo smaltato.

Don Bastiano sedeva in prima fila e arrotolava insieme alle figlie i bigliettini per la lotteria che aveva organizzato dopo lo sciopero. Primo premio: un televisore; secondo premio: una vitella; terzo premio: una chisorgia; quarto premio: un agnellone; e così a scalare nella gerarchia degli animali commestibili.

Il vescovo era arrivato con gli occhi intristiti dall'afflizione di un mal di piedi che non gli dava tregua da quando era sceso dalla macchina per iniziare la salita verso Nuraghe Mannu, e camminava come uno cui avessero infilato nel culo un ramo di cardo mariano.

Quando Dio decide di perseguitare i suoi figli, è proprio vero che si sfoga nei modi più cattivi e diversi. Gli operai commentavano bisbigliando quell'andatura un po' da froscio e ogni tanto controllavano i numeri di serie dei biglietti della lotteria.

Don Ballestreri aprì la cerimonia sollevando un rametto di ulivo e liberando una colomba bianca da una scatola di cartone traforato, e poi iniziò a parlare con le braccia alzate verso il cielo e tenendo fermo sulla testa un pezzo di talco lavorato, che aveva forma di ostia gigante, quasi di aureola: – Per questo pane che il Signore ha nascosto per noi nel ventre della terra preghiamo. Padre nostro che sei...

Tutti presero a monconare una preghiera che non erano mai riusciti ad imparare a memoria neanche al catechismo. Solo le donne quasi la cantavano e ogni tanto mutavano il tono bruscamente, guardando gli uomini che, impacciati, non sapevano andare avanti. Io pregavo sottovoce, rispettoso e intimorito da quelle sagome indurite come la scorza degli alberi, e pensavo che forse aveva ragione nonna Mintonia, quando diceva che almeno il Padre Nostro e l'Ave Maria bisognava impararli a memoria, perché in caso di disgrazia non c'è tempo per imparare, ma solo per recitare.

Quando don Tzelleddu finì la sua predica, la coda di quella mattina era già rasposa e violacea come la cresta del gallo di tziu Bustallone. Finalmente arrivò il turno del vescovo, che fece tre giri intorno al leccio secolare dove era stato allestito l'altare. Al quarto giro, raccolse da una conca un'ampollina d'argento e la posò con cautela sulla tovaglia d'altare di tela sarda che ricopriva un enorme masso di talco. Come una levatrice premurosa, scappellò il calice vuoto dalla patena e vi versò a poco a poco il contenuto scuro dell'ampollina, pronunciando con sgarbo alcune parole magiche e fissando l'orizzonte che minacciava pioggia: – Io non ho visto né sentito, io non ho toccato ma ho capito, per questo credo e vi consiglio di credere. Il Signore segue i suoi figli anche nei bui meandri del sottosuolo, e non li abbandona, non li dimentica.

A quel punto, due chierichetti portarono sull'altare una pentola di rame tutta bardata con i filamenti biondicci dell'avena germogliata nell'oscurità. Don Mallus versò rapidamente il contenuto del calice su quegli steli mollicci, e questi evaporarono in un fumo denso e acre che si stese prima sulla terra e poi salì verso l'alto come una colonna di marmo striato, trasportando foglie e polvere di talco.

Tutti si zittirono e alcuni cercarono di scappare verso la sorgente di Su colovru, per attaccarsi ai rami dei salici e scalciare contro quei diavoletti che avevano sentito volteggiare ma nessuno aveva visto. Solo Dirillu l'ubriacone era sparito, trascinato via da chissà quale forza che gli aveva girato intorno come una giostra di mille strane facce, conosciute e non conosciute.

Gira che ti giro, su un cavallo bardato a festa, arrivò anche la faccia di Quirino Chentusegas, e l'ubriacone vomitò le tonsille per la paura. Io scuotevo la testa e mi dicevo: questi sono giochi di prestigio, che uno nelle tasche può nascondere acidi, zuccheri e solfati, che il potassio fa miracoli più grandi.

In quella religiosa confusione, tutti cercarono di rendersi utili a se stessi e, nel dubbio, anche i rappresentanti della commissione interna presero l'ostia che monsignor Bernardino dispensò come gocce d'acqua nel deserto. Ogni volta che mi attanagliava il dubbio che potesse esistere qualcosa di più grande, di più umile, di più nobile della scimmia dalla coda mozza che aveva imparato a parlare e ad agitarsi di fronte alla morte, tenevo un occhio chiuso ed uno aperto, per cercare di vedere e di capire la differenza tra il credere e il non credere, e forse aveva ragione don Mallus: che bisogna credere senza vedere e senza toccare, che, se no, è come credere nel maiale sgozzato o nella sinzaenu tagliata in due.

In paese risuonarono le campane di tutte le chiese e la folla dei parenti e degli amici dei minatori, a ondate, si riversò nel camerone di Buttigleri per rumoreggiare con le mandibole intorno ai contenitori di sughero stracolmi di carne di capra e di maialetto.

Quella sera, al muretto di Sa 'e Ballitza, non parlammo di sequestri e neppure di quel libro sulle malattie veneree che il fratello di Bruscione aveva portato dall'università e faceva più paura del demonio, con tutti quei cazzi sfigurati da spiroche e spirochete pallide, che uno a vederli pensava: per deus e pe' sàntoso: lo metti dentro allegro e sorridente e lo togli triste e sfigurato come una vecchia bagassa... iiiiiifffff, tittia, ti vengono i brividi solo a pensarle certe cose.

Parlammo di quella tromba d'aria che nel suo turbinare aveva portato in paese la notizia dell'imminente liberazione di mio padre. Per buona condotta avrebbe lasciato il carcere a fine ottobre, ed io pagai da bere a tutti, convinto che quel piroettare di eventi degli ultimi anni della mia vita fossero coincidenze cacciate da chissà dove e rifugiatesi come un'ombra malefica nella strada del mio destino.

Mio padre uscì dal carcere di sera e, quando tornò a casa, sul portone mi strinse forte, vincendo la voglia di gridare la sua gioia. Senza lacrime, mi disse solamente: – Ninè, di chergio vene! – e poi, dopo aver cercato un lasciapassare con gli occhi, corse in cucina per salutare mia madre e vedere Ulisse che già dormiva nel materasso di lana steso accanto al lettone. Mio padre lo guardò come una sorpresa, vinto dalla paura che gli moriva in gola, la paura di non essere riconosciuto da quel bambino che in un angolo della casa afferrava un lembo del cuscino e se lo portava alla bocca come un capezzolo.

Per ultimo, strinse goffamente a sé mia madre, come se avesse avuto paura di essere respinto, e le sussurrò tra i capelli: – Che bei figli che mi hai dato Mundica! Grazie.

Quella notte dormii a casa, lasciai mannai Frantzisca in compagnia di mannoi Bantine e presi sonno tardi, convinto che si poteva imparare a nuotare anche fuori dal lavamano. Bastava crederci e provarci, senza mare, senza acqua, senza niente, quella che contava era la volontà. E così camminai sulle acque di chissà quali mari e per chissà quanto tempo, lanciando urla che rimbombando smuovevano le onde e portavano la mia voce lontano, lassù, trasformandola in un canto accompagnato dalla musica dell'organetto di Nineddu Corevonu, che divertiva giovani e anziani intorno a un grande cerchio di nuvole.

E accàttala accattalina,
su mundu brìncata che una pallina
e s'ómine che unu pallone
cando si dimàndata sa rejone
de sa vida e de sa morte.
Accàttala accattalina pristande sa mala sorte.

26

Mio padre uscì dal carcere spolpato e invecchiato. Aveva la faccia di un uomo che si era torturato dentro per non piegarsi, per non inginocchiarsi, per non soccombere. Prima era agile e flessibile come un ramo di olivastro e, adesso, quasi si vergognava di quelle forze scapitate in un cortile senza sole come scorie puzzolenti. Caparbio com'era, dopo qualche giorno, in attesa di tornare al lavoro nella cava di Sa Matta, si era già rimesso a scalpellinare i blocchi di granito per la casa di mastra Nicchedda Tittardoro, che si doveva sposare con Lisandru Margiane. Lì, comunque, aveva quasi imparato a leggere e a scrivere, e un giorno mi disse che il dolore per non aver potuto e voluto studiare ogni tanto gli toglieva il respiro e gli dava le convulsioni: – Ninè, l'uomo che legge ne vale almeno due, e forse anche tre, quello che non legge rimane una bestia. Istruisciti Ninè, fammi contento. Torna a scuola, non passare in questo mondo lasciando solo scorregge e letame.

La sua naturale diffidenza nei confronti del genere umano si era in quegli anni moltiplicata e aveva deciso, con le forze rimaste, di sottrarsi al gioco avvilente e indecoroso della quotidiana banalità, rincorrendo un altro se stesso che altre volte lo aveva lasciato per strada ubriaco, con la memoria ustionata e fumante, cancellata come l'impronta notturna di un gatto selvatico sulla neve.

Tornò al lavoro dopo alcuni anni, che a qualcuno pochi erano sembrati quelli passati in galera, e quel mattino sorrise di un'ironia impastata con dolore, come a dire: merda, ho bevuto sorso a sorso, goccia a goccia, la mia sofferenza, ma merda, merda, mai mi avete sentito piangere o gridare, che tanto ce ne vuole per far singhiozzare un Nirthoni.

Ero tornato a scuola e avevo nascosto nell'isostre quel sorriso cattivo che tanto faceva piangere mia madre in ginocchio. I mesi e gli anni passavano, il petto di Ulisse si riempiva di trame scure e i suoi occhi entravano sereni e senza biglietto nel grande Circo Zampetta che è il mondo. Mia madre lo lavava con acqua di rosmarino in un calderone e ogni volta lo benediceva con la schiuma. Io ogni settimana perraliavo con mannoi Bantine, che era stato il primo dei parenti a dotarsi di doccia con l'acqua calda. Lo supplicavo come un santo: – Pro piachere mannó, lassàemi sapunare... mannó. Per favore, fatemi fare una doccia calda, che se mi lavo in cortile con la pompa mi busco una polmonite. – Lui ogni volta mi rispondeva quasi scandalizzato: – Ma tu, dove ti sporchi, se stai studiando? Non sei manco in galleria o con la zappa.

Era così nonno Bantine, generoso sino al punto di ridursi in povertà ma gelosissimo di quel minuscolo scaldabagni a gas che a rotazione scrostava la corteccia dei Nirthoni e dei Cambellus. Il fatto che io avessi ripreso a studiare, e con profitto, lo inorgogliva e per lui era comunque un miracolo. Per questo, alla fine mi concedeva l'onore di entrare in quel bagnetto decorato con piastrelle floreali lunghe e deformi che lasciavano scolare l'acqua sporca in una canaletta che dava direttamente sulla strada.

Una sera d'estate il cielo si caricò di nuvole merlate e, quella notte, d'un tratto, la porta che collegava la mia camera con quella di nonna Frantzisca cigolò in modo tetro e sconsolato. Mi alzai di corsa e, con la faccia ancora impiastricciata di sonno, raccolsi dal pavimento mia nonna che tremava per tutto il lato sinistro del corpo, e aveva il lato destro immobile e congelato; solo le labbra erano tutte gonfie e umide, e avevano preso il colore del frutto grigio e setoloso del ricino, e la lingua pareva infiammata da quello sfrega sfrega di parole che per anni erano tornate indietro, e adesso si muoveva in sincronia con quell'occhio sinistro che pareva spruzzato di calcina, e voleva parlare, voleva parlare in fretta e subito, perché con la mano mi tirò la faccia contro il guanciale, per pronunciare dopo tanto tempo le sue ultime parole: – Izu mè, mannai si nd'est morinne, ma no est istada mai ne macca e ne indimoniada. Ammentadinne sèmpere chi, in custu munnu chi brincat e abbóchinat chene gabale, sa menzus cosa est a istare a sa muda e a badiare. Azuda a mannoi, Ninè, azuda a mannoi chi non b'at cumpresu e troppu àt suffriu. Figlio mio è arrivata l'ora. Mannai se ne sta andando, ma sappi che non è stata mai ne pazza ne indemoniata. Ricordati sempre che, in questo mondo di gente che sbraita e urla senza motivo, la cosa migliore e starsene zitti ad osservare. Stai vicino a mannoi Ninè, aiutalo e consolalo, perché poco ha capito e troppo ha sofferto. Arrivederci in cielo Ninè.

Quando dal piano di sotto arrivò nonno Bantine per cercare di ridarle la vita mormorandole parole d'amore, la nonna era quasi morta. Gli lasciò come ultimo dono un sorriso di quelli che abbellivano il mattino quando si incontravano sotto i fichi degli orti di Littos. Nella mano destra stringeva un rosario di grani scuri come i chicchi del caffè. La vestimmo così, spezzandole le ossa che si erano irrigidite e allontanate dal suo corpo. Se n'era andata anche mannai Frantzisca Busedda, portandosi via quel sorriso che aveva dato un senso alla mia vita. Col nonno la vegliammo in silenzio, senza chiamare i parenti, ascoltando insieme la cantilena dei carri che avanzavano sul ciottolato slavato dal temporale estivo. Ohi mannai mannai, avio cherfiu chi non bi seres morta mai.

27

Ulisse cresceva ruminando il nettare della vita che sempre è concentrato nell'infanzia e col tempo si diluisce e diventa veleno. Aveva gli occhi smarriti di un gruccione che vuole prendere tempo prima di spiccare il volo e, d'estate, i suoi capelli castani mutavano in giallo oro e s'infuocavano ai raggi del sole. Avrebbe voluto prolungare all'infinito la sua puerizia prossima a sciogliersi, e a modo suo lo faceva, ormeggiando barchette di sughero nei solchi che si gonfiavano per dissetare gli orti e costruendo aquiloni con fogli di giornale che sibilando tagliavano l'aria come un trincetto.

Lui non voleva crescere ed io ero cresciuto troppo in fretta, spinto da una voglia d'invecchiare che a volte mi faceva delirare, quando dicevo a mia madre, dissipando un gelido tremore, che a trent'anni, tutt'al più a trentatrè, mi sarei ucciso, perché quello era il tempo necessario per vedere e capire quello che c'era da capire, e forse ce n'era anche d'avanzo, e il resto era tempo perso, passato a subire gli inganni e a curare ferite incurabili. Allora le mani le tremavano e le ciglia le battevano in fretta, lampeggiando una dolorosa perplessità per quel figlio adolescente che parlava della vita come di una finestra aperta che si poteva chiudere alla prima folata di vento.

Sotto le sughere spoglie dell'altipiano di Iscurulè, quando da solo mi sedevo a guardare il fiume Thilicone che si perdeva tra i salici e i fiori filiformi del carpino nero, pensavo che, per mia madre, Ulisse era il figlio di scorta, concepito per alleviare una sofferenza improvvisa che si poteva aggiungere a quella quotidiana. Per questo lo aveva allattato fino a tre anni e, ancora adesso, le sue pupille si dilatavano in un ansiosa contentezza, quando se lo prendeva sulle ginocchia per allattarlo a secco, sussurrandogli parole d'amore. Ma il destino, si sa, balbetta, scodinzola, saltella e, nel suo piroettante disordine, compare e scompare come il culu 'e luche, e viziato dai rumori e dagli eventi, si contorce e scalpita ancora, e allora il prezzo della carne umana crolla, tenera o legnosa che sia.

Da quando era nato mio fratello, tutti i pomeriggi, dopo l'ora di Maria Pettenedda, mia madre si prendeva Ulisse a cotzi-cotzi e andava a caffeare a casa della comare di battesimo, zia Pierina Bithicone.

Quelli erano per lei i momenti più sereni di un'esistenza che la confondeva e la smarriva, coi suoi repentini e tellurici mutamenti che non si lasciavano ammansire neanche da una fede che era ormai diventata la coda di un'acquavite leggera e allappante.

Uno di quei pomeriggi, mia madre uscì che il sole ancora muggiva in calore tra i vicoli incandescenti, per andare a sedersi al fresco nella cantina di comare Pierina e, mentre loro caffeavano e si raccontavano cantilenando storie di mariti e di figli che somigliavano all'asina di mannoi Vanniccu (che quando le dicevi truuuu si fermava, comare mia, e quando le dicevi issscì si metteva a correre), Ulisse giocava sul pianerottolo a babbo e mamma con Felledda, la figlia della comare.

Sembravano proprio due sposi veri, di quelli che dimenticano in fretta i litigi. Facevano finta di bere e di mangiare da tazzine vuote che erano gusci di noci e da piatti di mollica rappresa.

Il destino, come un cecchino strabico nascosto dietro la piattaia, aveva già preso la mira, e mio fratello, prima barcollò cercando per aria maniglie inesistenti e, poi, atterrò in picchiata come un pupazzo di legno, senza un urlo, senza un lamento, sul pavimento in graniglia della cantina.

Mia madre uscì di corsa dal suo cantuccio di umili delizie, per raccogliere quel fardello deforme che aveva lo scheletro impazzito e la testa scura e gonfia come un anguria. E cazzo, questo era un conficcare chiodi nel lardo, un rendere ingrato, amaro e rasposo ogni momento, e anche se la semina è buona, il temporale viene sempre dopo.

Lo portarono a casa avvolto in uno scialle scuro e ricamato e lo posarono così sul lettone matrimoniale circondato da sedie vuote che facevano da spalliera, quasi temendo e augurandosi uno scatto di muscoli, un vibrare di tendini che dimostrasse che era ancora vivo.

No! Nooooo! Non si poteva accettare e aspettare la morte così. Per questo in un istante scartocciai mio fratello e, correndo appresso a chissà quale silenziosa penitenza, arrivai sino a casa di tziu Cilleddu, che prima si spaventò e, poi in lacrime, si mise al volante della sua Giulietta nera, per vincere la scommessa contro la malasorte, mentre si correva all'ospedale di Noroddile. Lì ci dissero: portatevelo via, che questo angioletto è bell'e che andato, e se lo lasciate qui domani ve lo ridiamo sotto un lenzuolo bianco, dopo averlo squartato come un agnello. E druuuuum, drum, druuuuum, si torna a casa con quell'involucro che cambia colore come una pavoncella e prende un nero-verde iridescente che fa paura.

– Currie tziu Cillè, catzu, currie chi nessi morit in su lettu.

Quando lo vide, nonna Mintonia disse subito: – Ajò, ajò, cosa aspettate, qui non c'è tempo da perdere, chiamate subito Cischedda la fattucchiera, che prima di curare c'è un maleficio da mandare via, e se viene don Tzelleddu, non fatelo entrare, che la sua dolorosa bontà adesso non serve.

Zia Tinedda, che aveva paura dei serpenti ma non della morte, prese a correre per la salita della pietraia di Gasparrule, e arrivò agitata e fuori di sé all'imbocco della grotta di Cischedda. Così e cosà, riempì la taschedda di pelle di capra con polveri, erbe e unguenti, e si appese al collo e alla cintola sonazos e sonazedos. Prima di salire sulla mula, pisciò tre volte in cerchio intorno alla carcassa di un astore, che era quello che abbrancava i bambini e li lanciava come sassi tra i botri dell'altipiano di Iscurulè.

Cantava, la fattucchiera, nella discesa della pietraia, accompagnata dalla musica dei campanacci e dallo scalpiccìo dei ferri che scintillavano sulla ghiaia quarzosa, cantava:

Adduruduru addduruseddu,
andande sémusu a sarvare unu pitzinneddu,
unu pitzinneddu minore
ch'est già in francas de s'astore,
adduruduru pitzinnu minore.

Quando entrò in casa tzia Cischedda, l'aria si rinfrescò all'improvviso, spegnendo le minuscole goccie di sudore che imperlavano i volti sbandati, e lei fece chiudere tutte le imposte e allontanare tutti i parenti. – Qui rimangono solo i genitori e il fratello, – disse.

Si fece portare da mio padre una vescica di maiale piena di strutto, che stese sul piano del tavolo.

Adduruduru duruddai,
custu pitzinnu non si morgiat mai

bisbigliava, spargendo sul grasso bianco polveri ambrate che sapevano di zafferano e mettendo ciottolini di fiume ai quattro angoli.

Danzando inquieta al suono dei campanacci, ad un certo punto ordinò: – Portatemi il bambino e mettetelo al centro del tavolo, e voialtri pregate, pregate il Dio che vi pare, con le preghiere che vi sapete inventare, ma pregate con convinzione, anche se è il Dio delle lumache, dei pipistrelli, delle lucertole, delle bagascie o dei beoni. – Quando lo stendemmo sul tavolo, mio fratello lasciò andare un respiro che sapeva di ruggine e di tabacco e ricordava l'odore del fumo dell'incendio di Dore Vonu. Tzia Cischedda, con le mani unte, lo scompose e lo ricompose mille volte, perché quelle ossa non si lasciavano unire e scappavano via come i pezzi di una calamita rotta, e alla fine chiese una sacchettina di tabaccu gurpe e un lembo di pedde morta, per tamponare quel sangue rappreso che umbonava la fronte, e uno spillone rovente per salassare quel sangue cattivo che prese a zampillare come in una fontana; ed io pensai: che cazzo! qui non gliene rimane neanche un cicchetto a questo povero fratello, che adesso ha piccoli solchi viola sulle guance e forse sente la voce di mio padre che smette di pregare e grida: – S'est moenne porcu mundu, – si sta muovendo!

Cischedda lo guarda dall'alto irrittata, e gli dice: – Mudu! mudu! zitto! – con gli occhi e la mano destra aperta e tesa in un gesto che spaccava l'aria.

Forse la morte aveva ingranato veramente la retromarcia, perché quando la fattucchiera lo ripulì e diede cinque colpi sulla specchiera con uno spadino, la specchiera andò in frantumi e mio fratello riprese a respirare in un sonno che era un viaggio del ritorno che avrebbe cancellato una parte del passato.

Tzia Cischedda ci portò in cortile, dove aspettavano i parenti seduti in cerchio intorno al pozzo, all'ombra del nespolo e del melograno. Ci disse di lasciarlo dormire per due giorni, che chi torna dall'aldilà, di fame non muore e, quando lo svegliate, dategli da bere acqua di rosmarino e di armidda, e da mangiare carne di capra e joddu friscu, ma friscu friscu. Prima che salisse sulla mula, mia madre aprì il taschino di pelle scura e disse: – So che non ci sono soldi per ripagarti Cischè, ma non devi offenderti se ti domando quant'è il disturbo. – Cischedda rispose: – Nudda, nudda Ilà, pagatemi con buone parole e opere di carità. – Se ne andò cantando:

Adduruduru duruseddu,
torrau a naschire est su pitzinneddu,
sonen sas campanas de su Casteddu
e peri sas de santu Sarvadore,
adduruduru pitzinnu minore.

Mentre tutti la guardavamo affondare nell'ombra del vicolo che portava alla pietraia di Gasparrule, le campane del Castello nuragico e quelle della chiesa campestre di San Salvatore iniziarono a suonare, portando un suono pungente che rimbalzava tra le colline e si perdeva nel rosso infuocato del tramonto. Carico, come un grappolo di moscatello, di felici ossessioni, andai a dormire nella cantina di nonna Mintonia, tra le botti assassine e l'afrore aspro dei quagli appesi alle canne.

28

Il fratello di Lettorina aveva le launeddas, e le suonava gonfiando le guance come un rospo. La sua pelle era bitorzoluta e secca, gli occhi sempre cisposi di chi è appena uscito da un lungo letargo. Si chiamava Birrineddu e girava le piazze dei paesi suonando e festeggiando tutti i santi, soffiando dentro quei tubi di canna che riempivano l'aria di suoni lamentosi ed isterici.

Una notte, Birrineddu tornò in paese con due ragazze che aveva conosciuto alla festa di Santu Gironi e bussò che era quasi l'alba alla porta di nonna Mintonia. Quando il battente rintronava a quelle ore, io pensavo sempre al peggio e mi precipitavo ad aprire con le gambe molli e l'alito ancora impastato dai cattivi presagi.

– Apri Ninè, che sono Birrineddu e ho qualcosa da custodire!

Le cose da custodire per qualche settimana si chiamavano Lucrezia ed Errica, due antropologhe che, sacco in spalla, andavano misurando circonferenze di scatole craniche e pesando su una bilancia portatile gli abitanti delle zone interne. Le ospitai nella soffitta, d'accordo con la nonna e meno d'accordo con mia madre, che mi affrontò in cortile urlandomi: – Bagassu! Bagassu e svergognato! Chissà cosa dirà la gente di queste troie.

E in paese tutti esclamavano e molti sospiravano di compassione e d'invidia per quei due ragazzi che andavano in giro abbracciati a quelle continentali che non indossavano il reggiseno e s'infilavano dentro pantaloncini stracciati che non coprivano neanche un quarto di culo.

Nonno Bantine, il primo giorno che le ospitò per docciarle, carezzandosi la punta della barba bianca, osservò perplesso e ammirato l'ombelico di Errica, e le disse con sorridente ironia: – Signorina, lei ha proprio l'ombelico che sembra una rosa.

Lucrezia aveva i cappelli ricci e corvini, la figura agile e slanciata, con le spalle appuntite e i fianchi simili a quelli di un mannello di grano saraceno. Errica, invece, era di un biondo liscio come un mare dorato e aveva il corpo tozzo e galliforme, con un petto da balia in allattamento, a stento contenuto da quelle striscie di cotone coi bottoncini che loro chiamavano magliette.

Da quelle due donne così uguali e così diverse, molto presi e molto imparai, quando la sera posavamo il lume grande sul tavolo e ci mettevamo a parlare di fronte a una bottiglia del vino aspriolu di Sa Tinzosa, galoppando nella notte verso orizzonti inesplorati. Ci addormentavamo stanchi di confabulare, stanchi di incrociare la ruvidezza dei cosinzos di cuoio crudo e la morbidezza del velluto con il sapore acre della velocità e il ritmo snervante del rumore. Io e Birrineddu eravamo figli della segale, del solco e della frusta, stalagmiti ambulanti in un mondo che si arrotolava su se stesso come un serpente d'acqua. L'altro serpente, il crotalo barbaricino che era sempre in agguato nello spacco delle mutande, dormiva, vinto da un sentimento nuovo che era arrivato in un momento capriccioso della vita, quando la rabbia di crescere non schizzava più fuori sulla mano o tra le cosce di Lillona la tisica.

Fu meno penoso campare, dopo aver scoperto che tra un uomo e una donna può esistere l'amicizia, il rispetto buono per la presenza estranea che ti dorme accanto, ispirandoti sentimenti monacali, relitti di un passato irrimedabilmente sepolto.

– Se non ve le state coddando, vuol dire che vi state affrosciando, – ci dicevano Zobbi e Bruscione, Gagliu e Candelathu, Troccu e Bagliore.

Invece non era così, ci tirava quanto e più di prima, ma forse stavamo uscendo da quel cortile chiuso a chiave, dove i nostri sogni si erano abbarbicati come l'edera ai tronchi muschiati dei lecci e le donne erano zucche vuote, da riempire di saliva e di sperma.

La fine dell'estate si avvicinava e la pioggia veniva giù come i coriandoli per la domenica de sas padeddas e, in uno di quei giorni che mostravano le tanche brulle di Oropische immerse in una nebbia mattutina che nascondeva e palpeggiava il dorso delle colline, venne rapito don Bastiano Ballestreri. Tra le macchie sterminate dei corbezzoli grassi e incorniciati da orecchini gialli e vermigli, la macchina scura di don Bastiano si schiantò contro alcuni massi di talco che erano stati fatti rotolare apposta dalla discarica di Sa Matta. I due sgherri furono legati e incerottati insieme alla loro paura di mercenari, che si era liquefatta nel fondo dei pantaloni, e qualcuno prima di andare via gli riempì le tasche di merda, che quella era la paga giusta per chi si era venduto al padrone di quelle vite sepolte e benedette da don Tzelleddu Burranca.

Don Ballestreri sentì nelle viscere calore di morte e, quando provò a sbirciare oltre le orbite inquiete dei cappucci per cercare di riconoscere qualcuno, fu buttato su un cumulo di frasche di lentischio e legato mani e piedi col fil di ferro.

Lo trasportarono così, come un vecchio mannale, sino alla prigione, nascosta tra la strozzatura del fiume Thilicone e le prime garighe dell'altopiano di Strisiliai.

E Bustianeddu Bustianeddu,
sona sa campanedda,
sònala a forte a forte,
ca est campanedda 'e morte.

29

L'aria fresca di Oropische, al mattino, è spuma che gorgoglia e per un istante rende orfani dal sacro castigo. Dopo quelle notti bianche passate a bere e a parlare di rivoluzioni orientali e di monachesimo occidentale, dalla finestra aperta entrava la musica del silenzio, che era seta, neve, oro, e invitava a dimenticare l'eterno buio feudale, che nulla salvava e nulla tramandava e tutto avvolgeva nella notte buia e granitica. Appena il chiarore dell'alba impazziva, riflettendosi in barbagli sui muri calcinati di turchese e di bianco, gli elicotteri della polizia da giorni riprendevano a rombare sulle chiome dei lecci e tra le gole, costringendo l'astore puddargiu a volteggi sempre più alti.

Lucrezia ed Errica partirono convinte di aver graffiato il ventre molle dell'universo barbaricino, che invece non si lascia né sfiorare né graffiare, perché con gli estranei diventa di granito e mette braccia e gambe d'atleta per nascondersi ed andare lontano, tra le pieghe di un organetto, nel nido di uno scurtzone, nella criniera di un cavallo baio.

La curiosità, si sa, quando non uccide acceca, com'è

successo a Lischeddu Ventuleri, che ha raccolto, in un vecchio campo d'aviazione tedesco coperto di trifoglio, una bomba a mano che sembrava uno spruzzatore d'insetticida e invece, pompa che ti pompo, broooouuuuuuuummmmm, ha colorato di rosso i fiori bianchi e gialli dell'erba medica; o a Grisuledda Cadenaccia, che sentiva sempre la voce del marito morto canzonarla dal fondo del pozzo e finì col riempirlo di pietre cercando di ucciderlo un'altra volta, ma niente, risaliva quella voce e picchiava e mordeva: – Cadenaccia, Cadenaccia, hai proprio una bella faccia, dopo che mi hai ucciso, a infilarti nel letto Tileppe Vernaccia. – Finché una sera la inseguì volando con la sua fardetta di picchè, che si rovesciò a forma di calice per coprire come un sudario i resti di quella vedova indiscreta. O a Sirvieddu Muriscu, che vicino all'ovile provò ad innestare la radio a pile ai fili dell'alta tensione e, trrrrrriissssssssschhh..., ci rimase appeso come la carcassa di uno storno; o a Parduleddu Chirielle, che una mattina che aveva perso s'istrumpa con la malinconia, per ricaricarsi assaggiò l'acido della batteria del trattore, e cacciò fumo dagli occhi, dal culo e dalle orecchie e in un attimo vomitò le interiora liquefatte.

Dopo il sequestro (Ma si trattava veramente di un sequestro? O era una finta? O era altro? Bobboribò?), gli sgherri di don Battista dissero che i banditi erano almeno venti e incappucciati, armati di ferri lunghi e ferri corti; altri, che passavano da quelle parti per fatti loro, dicevano che il bandito era solo, con la faccia tinta di sangue e di carbone, armato di un coltellaccio da macellaio e di uno spiedo.

Mah! Qualcuno prese a mordersi il mio nome e quello di mio padre nella punta della lingua, e altri strofinavano il suolo con le mani per la paura, quando passavano per strada i miei amici.

Mia madre era stanca di vedersi i carabinieri in casa a tutte le ore e Ulisse, quando rovistavano nel suo cestone dei giocattoli, piangeva e prendeva l'aria di un bambino triste e impaurito.

Erano già passati quattro mesi, e di richiesta di riscatto manco l'ombra; la moglie, donna Camilla, aveva sparpagliato soldi come farfaruza, per scucire le bocche degli operai, ma quelli se ne stavano lì, impermeabili, in piedi e in silenzio, senza soffrire e senza gioire per la scomparsa del marito. Solo qualcuno trovava il coraggio di alzare le spalle, facendo una smorfia che voleva dire: "se l'ha cercata... peggio per lui... con quelli salta poco..."

E allora donna Camilla fece dire ai suoi sgherri che, se don Bastiano non fosse tornato entro Natale, lei e i suoi figli, avrebbero preparato bagagli e bagaglini e se ne sarebbero tornati in Piemonte, a vivere di rendita, dopo aver chiuso tutte le cave e venduto terreni e bestiame, e qualcuno pensò che le cose avrebbero preso una brutta piega, e altri invece dissero che il nuovo padrone non poteva essere peggiore di Ballestreri.

Mio padre quasi si consumava dal dolore, quando gli riferivano il succo velenoso delle prediche di don Tzelleddu, che nelle messe del risveglio poco mancava che facesse apertamente il suo nome. Alludeva e accennava don Tzelleddu, parlando di banditi nemici del progresso, allevati nell'odio sociale delle sezioni, lontano da Dio e dalle sacrestie, e passava i pomeriggi nell'orto mio padre, a osservare i cardellini che, in una magica danza acrobatica, staccavano dondolando i semi dai fiori roseo porporini del gardu pintu.

Quei giorni pallidi e sudati io li passavo sui libri, inquilino sregolato di filosofi e pensatori che si spettinavano e si ferivano cercando risposte a problemi che mai hanno avuto e mai avranno risposte, e mi domandavo se l'uomo, che si è arreso di fronte al labirinto della morte, un giorno troverà la risposta al mistero del sonno, a questo dormire che sottrae vita e moltiplica i ricordi come cellule neoplastiche e li impacchetta, li infiocchetta e li riporta a galla come carogne gonfie e deformi. Ma perché cazzo si dorme? E perché si dorme di notte? Nonno Vanniccu diceva sempre che il sonno ci serve per non impazzire, per riprendere fiato, per rallentare un po' la corsa verso l'ignoto, per questo i sogni sono così irripetibili e spesso non si lasciano neanche ricordare, o forse, anche dormire è un modo di soffrire, di espiare, un acconto d'inferno.

Mah! Il giorno dell'Annunciazione del Signore di quel marzo freddo e asciutto, i cani di Oropische si svegliarono latrando e strattonando i collari di cuoio e fil di ferro, e qualcuno, salutando i banchi di nubi orizzontali che si spostavano al sud come mongolfiere sgonfie, vide in cielo la salma trasparente di don Bastiano, formata da una miriade di goccioline d'acqua che navigava evaporando piano piano.

Lo trovarono squartato come un caprone, legato alla roccia plumbea di steatite che si trova prima dell'imbocco del ponte di pietre e assi che collega, nel tratto più largo del fiume Thilicone, S'Avenargiu con Sa Tanca 'e sa Runza. L'autista della lettorina che arranca da trent'anni sul costone di Prade Padedda prima di lasciarsi inghiottire dal passaggio nella montagna, lo vide e pensò a qualche bestia legata a bella posta per attirare le volpi, e poi frenò con clangore di ferraglia e spruzzi di scintille. Lo avevano portato lì a dorso di mulo, perché sull'ultima striscia di quel nastro di strada sterrata, che lì terminava contorcendosi, ancora si vedeva la scia del sangue che zigzagava tra i sassi e le borre delle cornacchie, che già iniziavano a beccargli gli occhi.

Quella mattina, donna Camilla si fece accendere un gran fuoco nel caminetto della casa di Oropische, perché disse di sentire come un gran freddo che veniva da lontano, e quando le portarono il marito dentro il baule spalancato che mostrava quell'orribile contenuto non ancora lavato né ricucito, non si avvicinò neanche a toccarlo, che quello non era il suo uomo, che Bastiano era intoccabile e immortale, maledetti straccioni in gambali e stivali di gomma, maledetti topi delle caverne, maledetti barbari, ingrati e arretrati.

Fu in quel momento d'ira e di passione che qualcosa di pesante cadde sul pavimento e prese a scoppiare e saltellare come un mortaretto spaventando tutti, era la pistola di uno degli sgherri, che erano tutti molto nervosi e adesso gli prudevano le mani dalla paura. Donna Camilla si adagiò in un canapè rivestito di raso rigato e lì rimase sino a quando non si consumarono i moccoli sul via vai di donne vestite di scuro e di forestieri incappottati.

Attorno al letto, i figli disponevano mazzi di gigli e inumidivano i cuscini con acqua di violetta e olio di eucalipto. Se la natura è sacra, chi la ferisce non può che essere sacrilego, e don Ballestreri, quando arrivò, ai primi del Novecento, aveva iniziato a sventrare le colline con le trivelle, come stesse scavando nel formaggio marcio, e aveva deviato il corso dei fiumi e minato le capanne dei nuraghi, lavori del demonio, raccontava mia nonna, ma il demonio presto o tardi viene gabbato dalla fretta e dalla prepotenza.

In paese non si parlò più di sequestro, che le monete consunte e segnate erano rimaste nella cassaforte di su dottoreddu, e non si parlò più neanche di ribelli che volevano mettere in pratica le loro teorie contrattando la libertà di don Battista con nuovi posti di lavoro e condizioni di vita più decenti. Solo don Burranca, che aveva una cognata dalle gambe lunghe, magre e ossute, e dagli occhi blu scuro che sporgevano come due biglie colorate su un naso di bambola, il giorno del funerale e altri ancora, continuava a parlare della suggestione dei simboli e della forza distruttrice delle ideologie, con precisi riferimenti ai frequentatori della sezione e a coloro che leggevano certi libri e certe riviste con l'animo di cambiare il mondo, che tanto il mondo non si sarebbe mai lasciato cambiare, né dai rossi né dai neri, né dai verdi né dai gialli, che il cristianesimo altri ne aveva seppellito e altri ne seppellirà di questi strilloni ignoranti e irrequieti.

Don Ballestreri, quando arrivò in paese, iniziò ad allungare le mani scure e bruciate dalla nicotina, e adorava la carne degli altri, senza distinguere tra tenera e nodosa, purché fosse degli altri, e quando sprofondava a testa in giù tra i seni di quelle sconosciute, gli sembrava di cadere da una passerella d'asfodelo sospesa sull'abisso, e urlava: – Oddeu oddeu, tottu su mundu est su meu!

Nel suo mondo di pietra morbida e cosce sode entrò un giorno anche Adolfina Nondechergio, che non lo voleva mai e lo prendeva sempre, in ogni posto e in ogni luogo, e don Tzelleddu la confessava e arrossiva, dietro la grata del confessionale, quando Adolfina le diceva: – Quante Ave Maria devo dire don Tzellè, che Bastiano ieri mi ha fatto questo e avant'ieri quell'altro.

Adolfina era una finta magra, che aveva le tette a curcuvicia, lunghe ed elastiche, che avvolgevano il cristiano per tutta la schiena, in un'istrumpa che vinceva sempre lei, anche quando don Ballestreri la prendeva con la forza e la batteva a freddo come il ferro. Il marito di Adolfina, Abbondio Burranca, che non aveva avuto neanche il coraggio di farsi prete per non fare una vita di preghiera e di castità, povero derelitto, il matrimonio lo aveva condannato all'astinenza, e adesso non sapeva neanche pregare per farsi togliere le corna. Don Tzelleddu sapeva e taceva, perché dietro il manto bianco da coniglio del fratello si nascondeva un cinghiale che, se ferito, poteva diventare feroce e aggressivo.

La sera che andò in parrocchia a parteciparli il matrimonio con Adolfina, lui lo canzonò e gli disse: – Ma stai scherzando? Vuoi sposarti proprio con quella...? – E lì si fermò ad osservare l'immagine del Sacro Cuore, e non fece in tempo a riabbassare lo sguardo, che Abbondio gli aveva sputato addosso e lo aveva buttato a terra, tra santini e immaginette che svolazzavano, e lo copriva di calci e di pugni, tenendolo con una mano per la gola, e poi prese il tagliacarte col manico di cuoio e glielo puntò dritto al cuore, e si fermò solo quando gli sembrò di vedere gli occhi della madre che, sospesi nell'aria, lo imploravano: – Basta così Abbondio, basta così, adesso riposati e chiedi perdono.

E si riposò e chiese perdono, e don Tzelleddu si mise una tale paura che lo sposò senza testimoni, e non si capiva più chi era il prete e chi era il vigliacco.

Mah! Donna Camilla tornò alle acque smeraldine dei

fiumi della sua terra natia e ai massi immensi di roccia sempre coperta dalla neve, per passare il resto della sua vita passeggiando sotto i boschi di conifere e tra i sentieri orlati di peonie e lupini, e Abbondio Burranca finì in manicomio a Critzeddu, con le carte false firmate da don Tzelleddu e da Adolfina, che adesso era la sua perpetua e preparava le ostie ed il letto.

Tiralateri tìrala s'anca, trott'a un'anca,
como chi àna mortu a don Ballestreri,
a Adolfina si la còddata don Burranca,
tiralateri tìrala s'anca, trott'a un'anca.

30

Aveva cinquantun'anni mio padre, quando morì. Era sopravvissuto alla guerra, alla fame, ai pidocchi, e ad altri dolori impetuosi che fecondavano il verme dell'insofferenza e lo ingrassavano, con quell'alternarsi di eventi che non si lasciavano capire né governare. Per lui, nascere, crescere, amare, soffrire, morire erano combinazioni che si potevano mischiare come le carte da trezzillo, e nulla sarebbe cambiato. In luoghi e tempi lontani avrebbe forse ritrovato radici nodose, per annodarsi a questa terra che ormai non rideva più.

In miniera pioveva e ripioveva, e il fango impastato e viscido sapeva di tronchi marci e di uova lasciate scoppiare al sole, come quelle vite appese ai carrelli e ai capricci delle budella de ella montagna, che di tanto in tanto si scioglievano in una diarrea di terra e di pietrisco, macinando stracci e rammendi, ossami e polpa. E quel giorno maledetto salirono dal suolo strane voci che sembravano canti di usignoli disperati e mio padre spinse più in fretta il carrello senza motore carico di blocchi di talco, che confondeva il suo dleen dlee dlen con quel tciù tciù tciù, e vi salì, poggiando i piedi stanchi sul telaio arrugginito, e si lasciò andare in un viaggio che non arrivò mai alla teleferica.

Prese il binario della discarica e volò, inciampando come un angelo impazzito e senza ali in una valanga di detriti, sino alla piana di Spiriddone, e lì si fermò abbracciato a quel macabro giocattolo che per la prima e l'ultima volta, gli fece provare il brivido della velocità. E forse in quegli attimi vennero a galla in un lampeggiante sogno diurno, i ricordi del giorno del mio battesimo, quando coi piedi immersi nella canaletta del vascone indossava un misterioso sorriso, o il giorno in cui mi regalò quella fetta di cielo che ancora porto nel cuore. Se è vero che i sogni sono l'inchiostro simpatico del tempo che tutto mescola e scompiglia come un ubriaco, sognava di sicuro Vissente il capraro, quando lo staccò a forza da quella culla vuota, perché gli sembrò di sentire la sua voce che chiedeva perdono alla madre, alla moglie e ai figli... Perdonu Ninè, perdonu... Ilà perdonu... Ulì perdònalu a babbu... perdònalu, pro caridade.

Le donne infazzolettate e tremule dentro i loro scialli da lutto, lo piansero con lacrime antiche, salmodiando quei resti infilati nel vestito di velluto buono, che aveva preso il colore prugnoso del viso di mio padre.

E babbu meu babbu meu,
babbu de pacos annos,
cotiande as agabbau
su viazu 'e sos ingannos.

Gli uomini si riunirono in cucina, piegati come uncini, stanchi come buoi, a bere acquavite e a riflettere a voce bassa sulla precarietà dell'esistenza, che è lana filata fina fina, come dice sempre tziu Lettorina, e dove si spezza si spezza, e nessuno ci può fare il nodo.

Ulisse, tintinnando i denti come sonagli, fissava quegli occhi sbarrati e insonni che non si erano lasciati chiudere neanche con lo spago e diceva a mia madre: – Non è morto mamma, vedi, non è morto. Sembra che mi stia guardando! – e lei, fresca della sua tristezza di vedova, ci credeva e si avvicinava nuovamente al letto di Thitthone, per accarezzargli il mento freddo, irrigidito e quasi nascosto dal colletto troppo grande della camicia, che era quella del giorno del loro matrimonio. Tziu Ottaviu, il barbiere anarchico e buono, lo aveva lavato e pettinato, ma non era riuscito a rasarlo, perché quei peli ritti, nascosti in un incrocio di rughe precoci, non si lasciavano mietere dal rasoio.

Io rimasi a distanza, in cucina, lontano da quella richiesta ululata di indulgenze, pensando a quel pomeriggio dell'anno passato, quando lo trovai all'imbrunire inginocchiato sulla sedia a sonnecchiare sopra il tavolino, con un foglio scribacchiato a matita: – Guarda se ti piace Ninè, leggi questa poesia, che tu che hai studiato te ne intendi...

Ho lanciato lontano i miei occhi
velati da cattivi pensieri

e cieco sto aspettando sotto la quercia
che il sole vada a dormire sotto le ali dei corvi.
Ho lanciato lontano i miei occhi
e cieco sto aspettando sotto la quercia
che il vento si fermi ad ascoltarmi
a portarmi via.

Zia Tinedda mise ai piedi della bara un'icona con un piccolo Gesù Bambino decorato, ed io gli infilai, tra il petto e le dita incrociate quel foglio con quella poesia che ormai sapevo a memoria e non avrei più dimenticato. Imprigionato nella sofferenza, per molte notti osservai il tavolato del soffitto ricamato dal fumo e ascoltai il miagolio libidinoso dei gatti in calore che andavano per i tetti.

31

Mia madre bruciò nel cortile la sua gonna di panno e il zippone di broccato ricamato, e del suo abito da sposa salvò solo quei bottoni in filigrana che sembravano i frutti d'oro del nespolo. Tutte le domeniche andava a piedi sino al fiume Thilicone, con una piccola borsa di tela piena di grano, e lì lo spargeva come una bendizione su quelle acque profumate dalla viola d'acqua e dal millefoglio. Si sacrificò al culto dell'ombra e della sua modestia, convinta che solo lì fosse la vera luce, quella che non brilla ma è dentro gli occhi di ognuno di noi. La nostra casa era ormai un nido distrutto dalla morte, che aveva strappato il velo della speranza e costringeva anche il piccolo Ulisse a crescere con le labbra serrate in un espressione che era già di diffidenza, di cauto timore verso il futuro.

Ad Oropische, i figli di don Bastiano, Valdemaro e Aronne, che avevano riaperto le cave e le miniere, tirarono su, nella piazza dei minatori, un monumento in bronzo che rappresentava il loro padre chino con il piccone, con l'elmetto e la candela a carburo, intento a scagliare dalla roccia quell'oro morbido e bianco. Donna Camilla tornava ogni estate e tutti i giorni saliva all'imbrunire in cimitero, per tributare omaggi floreali al suo eroe col baccaleddu e le mani lunghe.

Nonno Bantine, sdentato e sorridente, combatteva per gli orti e per le vigne la sua guerra contro la gramigna; e nonna Mintonia pregava per la follia degli uomini nei campi abbandonati di Dore Vonu, e scalza se ne andava vagabonda, parlando da sola con l'upupa e col verdone.

In sezione arrivavano dirigenti sempre più eleganti e sempre più lontani da quel girare lento e inesorabile che era il mulino ad acqua del piccolo mondo di Oropische, e don Tzelleddu, ciondolante e smunto, si vergognava di quel desiderio per Adolfina, che non riusciva più a nascondere né a trattenere neanche in sacrestia, e adesso non urlava più, ma solo agitava la testa e sorrideva di un riso breve che sembrava voler dire: – Se non ci credete voi all'inferno, perché cazzo ci dovrei credere io? La parte di cielo che mi spetta, io inizio a prendermela in questo mondo, che magari quell'altro neanche esiste.

Lillona la tisica adesso ballava da sola, applaudita da quelle bambole che tenevano insieme i fili delle cento code della sua quasi vecchiaia, e nessuno le suonava più l'organetto sotto il loggiato, in attesa di cavalcarla come una pecora il giorno della tosatura; "acche vene e bae innorommala", questa era la sua filosofia, la filosofia di un amante che aveva circonciso, con un paio di forbici arruginite e disinfettate a sputo, tutti i ragazzi del paese. Lillona, Lillona, santa, umiliata e abbandonata per meno nobili e nuove perdizioni.

Io stringevo gli occhi e mi guardavo intorno, e vedevo il mondo girare come una giostra di nidi stracolma di esseri che si aggrappavano ai bordi con le mani e cadevano, e quelli che rimanevano, lamentosi e ciechi, pigolavano in cerca di pace. Io aprivo gli occhi e mi guardavo intorno, e mi chiedevo dove saranno nascoste le strade che portano alla probità e alla saggezza e perché i grumi scuri del dolore, come macigni, interrompono il nostro camminare, il nostro andare in cerca di qualcosa che forse è senza risposta. Richiudevo gli occhi sul confine che separava la collina di Sos Savuccos dall'infinito e vedevo i pioppi argentati e le chiome globose del sambuco e sentivo una voce che mi chiamava e mi richiamava, come quando ero adolescente, nel terrazzo di nonna Frantzisca: – Ajò Ninè ch'est ora, ajò! – e una sete di verità e di purezza mi spaccava le labbra e mi stordiva.

Non avevo ancora vent'anni e già avevo deposto le speranze in una spelonca, stanco di sorseggiare veleno, di subire angherie, di non avere più illusioni.

Una notte d'autunno, dopo un giorno di vento che nel suo solfeggiare sui tetti e per i vicoli aveva ripulito Oropische come una creatura, un boato improvviso e prolungato fece sussultare le case di pietra e intorbidì l'acqua dei pozzi, e tutti si precipitarono in strada pensando a una caparra di fine del mondo, e si ritrovarono in breve coperti di un polvere brillante e leggera che a scaglie scendeva dal cielo terso e pulito, come gli occhi di mio padre quando ci perdevamo nell'altipiano di Iscurulè o di Istrisiliai. Qualcuno pensò, e lo disse, che forse era scoppiata la polveriera o erano crollate le gallerie, e qualcun altro disse di aver visto una berritta scura correre da sola appresso a un corpo senza testa, e solo all'alba, gli operai, quando arrivarono nella piazza dei minatori, alla periferia di Gurusei, trovarono, al posto della statua di don Bastiano Ballestreri, un cratere largo quanto la pista del Circo Zampetta e qualcuno esclamò: – Qui è caduta una stella! – e qualcun altro ridendo rispose: – Una stella di gelatina con la coda scoppiettante!

E lèpere lèpere
imparam'a tèssere
e a minare
ca in custu mundu
sos prepotentes depen ballare.

32

I volti delle donne di Oropische sono maschere tragiche che si portano dentro i segni di chi conosce le vertigini del tempo e del dolore, e quando non pensano, prendono il colore latteo delle nuvole, che come batuffoli di bambagia sfilacciata se ne vanno altrove, lasciando le terre di Barbagia asciutte e i viandanti assettati. Nuvole grasse, che se ne vanno dopo lunghe attese, lasciando nei campi odore di pecora morta; nuvole che hanno la fortuna di essere nuvole e osservano come divinità indifferenti l'andare e il venire di giorni senza speranza. Nuvole di Oropische, nuvole stanche, nuvole chiare, nuvole amare, nuvole, nuvole che nascondono scorci di paradiso e si fanno cullare dalle raffiche dello scirocco.

Le vendemmiatrici di Oropische, in un giorno di settembre senza nuvole, presero a correre come formiche impazzite tra i filari dell'uva, incespicando e urlando sulle ceste ancora vuote, e tratatatatà, tratatà, tà, tatatà, e deus meus cosa sta succedendo, che questi non sono tuoni o lampi dei vostri, ma sono fucilate. E tratatà tatà tà tà, le vigne di Su Vudduri si riempirono all'improvviso di uomini che correvano e sparavano e avevano le divise del colore delle foglie della vite in autunno. Altri uomini correvano e non sparavano e avevano in mano solo le forbici per recidere il gambo dei grappolini del cannonau; e ite mincia cherides bastardos, e altolì e altolà, e curre ninè, e curre Bagliò, e curre Lettorì, chi custos irbirros nos achen sa pedde, e in uv' est Gagliu, e a Troccu l'àn ertu, e curre Zo', che, se arriviamo a Sas Thoncas, non ci prendono più.

Sudati e ansimanti, ci lasciammo finalmente inghiottire dalle ombre grasse e deformi dei lecci secolari di monte Ballarianu. Vendemmia di sangue per Bruscione e Candelathu, che ora giacciono riversi tra i vitigni con le mani allungate verso i grappoli scuri e gli occhi spalancati in un'espressione di sorpresa che vuol dire: – Pruite? Pruite? – Perché?

Latitanti volontari, qualcuno disse, sbandati con la passione della politica e delle armi, sovversivi, sovversivi che si riunivano nella casa di quella vigna per tramare nell'ombra contro le istituzioni.

Ohi Tzellina, Tzellina che non hai la cura per questi mali, che qui il veleno è mescolato al vino e l'indifferenza e l'apatia, che tutto travolgono e stravolgono, sono la nostra più grande sventura, e nelle ore malinconiche della nostra vita, non si sa più cosa cercare. Ohi Tzellina Tzellina, che questa è la strada della maledizione, del ricatto e del sopruso, dove tutti si sono abituati a tutto e non conoscono più la vergogna, la colpa, il rimorso.

Nel suo nido di fango e mattoni, Suor Benedetta si allontanò dalla grata e smise di pregare per nascondere e curare degli innocenti che non racchiudevano più negli occhi la speranza di vivere in un mondo migliore. Tzellina l'amore cieco, perduto e ritrovato, Tzellina la scricciola, Tzellina culibombata, il tempo l'aveva conservata come imbalsamata, con quella luce negli occhi incorniciata da un velo bianco e il culo che ancora le sporgeva rotondo come una mela, Tzellina che diceva: aiutandovi non tradisco nostro Signore e non rinnego il mio voto, servo meglio la chiesa che amo, che è sempre ferma e sempre in cammino, che chiede ed è purificazione, ed è redentrice tutti i giorni, e non solo nel giorno della Pentecoste, e verso il vino e spezzo il pane per voi, e prego per tutti i deboli, perché sono ormai la rugiada di Dio sopra i fiori.

Col tempo, e uno per volta, lasciammo il convento che si nascondeva nella vegetazione che ricopriva il promontorio di Monte Ballarianu, dopo mesi passati sotto i portici del chiostro, a leggere di Paolo che arriva a Gerusalemme, e della sommossa nel tempio, e del suo viaggio in Italia, e della tempesta e del naufragio, (e non dimenticherò mai quelle parole: – Ma non dopo molto si scatenò sull'isola un vento d'uragano, chiamato euroacquilone... e la nave fu trascinata via, non potendo resistere al vento, e ci lasciavamo portare alla deriva...

– e forse quell'isola era la nostra, da secoli tritata con rumore di macina antica, da molti suoi figli indegni e dai predoni, che nascondono alla luna la sua bellezza, e la oltraggiano con lo sputo e col sangue).

Nessuno di noi, dovunque andrà, dimenticherà mai il sapore di quel breve esilio purificante, in quel luogo di anime che avevano trovato, con la preghiera, la loro identità lottando contro il tempo e contro il male, per salvare quel grande tesoro del mondo che è il nulla. E io non dimenticherò mai quel senso di pace perduta che provai quando salutai la mia monaca, la mia Tzellina vestita di bianco come una sposa, che chiuse il portalone di legno chiodato del convento alle mie spalle.

Eh Nineddu Nineddu
cantu di costat custu viazu
baranta làcrimas e chentu penas
e peri si sonas su sonazu
non bi secan sas cadenas.

Parte seconda

Nineddu è scomparso una sera che il cielo aveva preso il colore rosso e setoso del ventre di un rubino. L'aria era asciutta e polverosa.

Le cronache dell'epoca parlano di un conflitto a fuoco tra una pattuglia di carabinieri e un gruppo di sovversivi. Sulle pagine di alcuni quotidiani campeggiano le foto di Bruscione e Candelathu a pancia in su, tra filari e grappoli d'uva intristiti e raggrinziti alla vista di quel mosto umano che si era scurito e rappreso sulla terra argillosa.

Somigliano a due santi nuragici decorati di cartucciere e bombe a mano. Tra le mani stringono armi automatiche e negli occhi splende ancora la voglia di raggiungere la collina di Sas Thoncas, per trovare un riparo sicuro e tamponare col muschio gli squarci sul petto e nei fianchi; per trovare un anfratto e legare con raffia quei muscoli che forse andavano per conto loro, e passo dopo passo si erano induriti dentro cuori che non volevano smettere di battere. Cuori e volti sforacchiati, per gusto o per dispetto, chi lo sa?

«La Voce Isolana» riferisce con dovizia di particolari,

come se il giornalista fosse stato lì presente, la cronaca di un altro ferito che ha lasciato una scia di sangue. Un giovane abile, che nella fuga ha perso tra i rovi un filo d'argento, un ombelico rinsecchito, una ciocca di capelli e una manciata di dentini «simili a chicchi lucenti di melagrana acerba." E vi si parla di altri fuggiaschi mai identificati, si ipotizzano viaggi "in cerca di amori impossibili, inseguendo il frenulo sottile dei ricordi che ci tiene attaccati alla vita».

Secondo il «Redentore», settimanale della diocesi, altri fuggitivi avevano intrapreso «il viaggio dell'anima, quello che porta sempre al paese natio, dovunque si vada e con chiunque si sia».

Qualche mese dopo, il quotidiano «La Terra Nostra» ha scritto di un «macabro ritrovamento ai bordi di una piscina del fiume Thilicone. Uno scheletro che i cinghiali non hanno finito di spolpare». Qualcuno, in interviste estemporanee, dichiarò di riconoscere in quei denti otturati e in quell'orologio dal quadrante scuro e dalle lancette fosforescenti, i resti di mio fratello.

Quei resti, per quel che posso ricordare, allora furono pianti dai pochi parenti rimasti e cantati a lungo dalle prefiche, prima di essere sepolti nella stessa tomba di Vanniccu, Mundicu e Frantzisca, nel cimitero di Oropische.

Dopo due anni, quando i legali chiesero una perizia e la riesumazione, quelle ossa non c'erano più, se n'erano andate lontano, forse in una notte che la terra era umida e morbida, forse in un mattino che il vento invitava a riposare altrove. Mia madre Ilaria, da quel giorno, impasta al tramonto farina grumosa per i defunti e alza le braccia al cielo come per farsi prendere da qualcuno che non c'è.

Io non credo che mio fratello sia morto. Non credo neanche a chi dice di averlo visto a Barranquilla o a Kolhapur, a Costantinopoli o a Siviglia. Ancora oggi corrono mille voci sul dove e con chi fosse Nineddu quel lontano mattino di settembre.

Chi dice fosse altrove, chino sui libri dentro un povero cerchio di luce, impegnato a rincorrere le farfalle notturne nel loro poetico svolazzare intorno al calore della lampada. Chi dice di averlo visto in marcia a contare i pali del telefono, in attesa di segnali estranei dall'aldilà, accendendo e spegnendo in fretta falò che sapevano di resine e di magia.

Chi lo racconta intento a spulciare i cani alopurici che roncavano stizzosi dentro le piccole case di pietra o a scherzare con Lillona la tisica, che si era lasciata andare nella sua luna di miele con la vecchiaia e col dolore.

Chi lo ha sentito battere il rame vecchio, nel cortile di tziu Corevonu.

Chi lo ha intravisto all'ombra del cotogno, a tormentarsi le unghie con un coltello, pensando a una vita vissuta a casaccio, come tutte le vite che appartengono agli altri, che le inventano e le trasformano per difendersi dal nulla che li porta vuoti oltre il buio, oltre lo scuro.

Catzadas! Nineddu non è morto e risorto come Gesugristu. Nineddu è vivo come il germe dell'inquietudine, il solo che sopravvive all'aridità di queste tanche brulle; è vivo come le illusioni che solo i folli sanno coltivare, andando a bocca aperta in cerca di tesori nascosti dentro le viscere della nostra terra.

A trent'anni di distanza, la scomparsa di mio fratello è diventata una leggenda condita di cattiverie e banalità. Qualcuno lo crede ancora latitante e mormora il suo nome ad ogni delitto o sequestro.

Per il mastro ferraio è operaio in una conceria della Baviera e per signorina Ruchetta, quella dell'ufficio postale, è monaco in Galizia, nell'abbazia di Samos.

Può darsi. Può darsi che lì mio fratello accolga i pellegrini stanchi di faticare per le salite sassose del Cebrero e da lì osservi il nostro inutile girare attorno al laccio della morte. Forse, da lì, è partita quella busta senza mittente, con le poche righe che mi hanno preso per mano e accompagnato negli abissi della soffitta di nonna Mintonia. Lì, dove si nasconde e dormirà per sempre la memoria dei nostri antenati, dentro quattro cassettoni di legno scuro che il bisnonno Prededdu Chizilongu aveva scolpito e dipinto con la calma di chi ha appena visto la luce, nel fondale di uno di quei cassettoni, ho trovato il quadernone lucido e col bordo rossastro e ho sentito, come quando ero piccolo, la voce di Nineddu che cantava:

Addurudduru, frade meu adorau
dae custu mundu mi nde chergio irmenticau.
Cando ses mannu appas bona vortuna
e crescas orte che i su sole e sa luna
e si una die mi cheres chircare
aperi su calasciu e m'as a accattare.
Addurudduru frade minore,
addurudduru frade adorau
dae custu mundu mi nde chergio irmenticau.

INDICE

INDICE

Il viaggio degli inganni

Volumi pubblicati:

Tascabili

Grazia Deledda, *Chiaroscuro*
Grazia Deledda, *Il fanciullo nascosto*
Grazia Deledda, *Ferro e fuoco*
Francesco Masala, *Quelli dalle labbra bianche*
Emilio Lussu, *Il cinghiale del Diavolo* (2ª edizione)
Maria Giacobbe, *Il mare* (3ª edizione)
Sergio Atzeni, *Il quinto passo è l'addio*
Sergio Atzeni, *Passavamo sulla terra leggeri*
Giulio Angioni, *L'oro di Fraus* (2ª edizione)
Antonio Cossu, *Il riscatto*
Bachisio Zizi, *Greggi d'ira*
Ernst Jünger, *Terra sarda*
Marcello Fois, *Sempre caro* (2ª edizione)
Salvatore Niffoi, *Il viaggio degli inganni* (2ª edizione)
Luciano Marrocu, *Fáulas* (2ª edizione)
Gianluca Floris, *I maestri cantori*
D.H. Lawrence, *Mare e Sardegna*
Salvatore Niffoi, *Il postino di Piracherfa*
Flavio Soriga, *Diavoli di Nuraiò* (2ª edizione)
Giorgio Todde, *Lo stato delle anime* (2ª edizione)
Francesco Masala, *Il parroco di Arasolè*
Maria Giacobbe, *Gli arcipelaghi* (2ª edizione)
Salvatore Niffoi, *Cristolu*
Giulio Angioni, *Millant'anni*

Luciano Marrocu, *Debrà Libanòs*
Giorgio Todde, *La matta bestialità* (2ª edizione)
Sergio Atzeni, *Racconti con colonna sonora e altri «in giallo»*
Marcello Fois, *Materiali*
Maria Giacobbe, *Diario di una maestrina*
Giuseppe Dessí, *Paese d'ombre*
Francesco Abate, *Il cattivo cronista*
Gavino Ledda, *Padre padrone*
Salvatore Niffoi, *La sesta ora*
Jack Kerouac, *L'ultima parola. In viaggio. Nel jazz*
Gianni Marilotti, *La quattordicesima commensale*
Giorgio Todde, *Et*
Luigi Pintor, *Servabo*
Marcello Fois, *Tamburini*
Francesco Abate, *Ultima di campionato*
Patrick Chamoiseau, *Texaco*
Luciano Marrocu, *Scarpe rosse, tacchi a spillo*
Alberto Capitta, *Creaturine*
Romano Ruju, *Quel giorno a Buggerru*
Peppinu Mereu, *Poesie complete*
Maria Giacobbe, *Le radici*
Patrick Chamoiseau, *Il vecchio schiavo e il molosso*
Paolo Cherchi, *Erostrati e astripeti*
Marcello Fois, *Sangue dal cielo* (2ª edizione)
Giorgio Todde, *Paura e carne* (2ª edizione)
Giulio Angioni, *Alba dei giorni bui*
Roberto Concu, *Verità per verità*
Aldo Tanchis, *L'anno senza estate*
Ricuore, testi di Massimo Carlotto, Raul Montanari, Enzo Fileno Carabba, Marcello Fois, Antonio Pascale, Carlo Lucarelli, Stefano Tassinari, Matteo Galiazzo, Giosuè Calaciura, Francesco Piccolo
Sergio Atzeni, *I sogni della città bianca*